窑街煤电·企业文化丛书

YAOJIE COAL AND ELECTRICITY & CORPORATE CULTURE SERIES

炽热的情怀

CHI RE DE QING HUAI

○ 窑街煤电集团有限公司 编

❀ 甘肃人民出版社

图书在版编目（ＣＩＰ）数据

炽热的情怀 / 窑街煤电集团有限公司编. -- 兰州 ：
甘肃人民出版社，2022.12（2024.1重印）
ISBN 978-7-226-05913-5

Ⅰ．①炽… Ⅱ．①窑… Ⅲ．①中国文学－当代文学－
作品综合集 Ⅳ．①I217.1

中国版本图书馆CIP数据核字(2022)第228205号

责任编辑：肖林霞
助理编辑：田彩梅
封面设计：吴妍景

炽热的情怀

窑街煤电集团有限公司　编

甘肃人民出版社出版发行

（730030　兰州市读者大道568号）

河北浩润印刷有限公司印刷

开本 787毫米×1092毫米　1/16　印张 15　字数 163千
2022年12月第1版　2024年1月第2次印刷
印数：2061~4060

ISBN 978-7-226-05913-5　　　定价：45.00元

编委会

主　编：朱新节

副主编：赵明庆　　杨生福　　吴　伟

编　委：张昔共　　王　晖　　张馨文

前言
PREFACE

　　栉风沐雨披荆斩棘，峥嵘岁月砥砺前行。一代代窑街煤电人用热血和汗水滋润了矿区每一寸土地，而窑街煤电这片热土也培育出了一大批挚爱矿区、热爱生活的职工群众和文学爱好者，他们或用文采斐然的作品将充满粗犷气息的矿山生活装点，或赋辞藻华丽的诗文，以朴实无华的语言，抒写对企业的热爱、对工友的情谊、对生活的感悟。这些诗文作品，讴歌时代变迁、记录奋进亮点、品味生活情感，集中反映了新时代窑街煤电矿山的新气息、新变化，展现了广大职工群众对梦想的执着追寻、对责任的不离不弃、对生活的感悟向往、对工作生活的无限热爱和美好愿景。今天，我们采撷了近五年来的优秀作品，编纂成集，这既是对一段时期职工文学作品的总结拾掇、对作者们辛苦付出的回馈，也是以飨读者，供大家欣赏思考，更有意义的是启迪激励广大职工群众以梦想为船、以信念为帆、以奋斗为桨，在工作和生活的逐梦旅途上，坚毅乐观、勇往直前。

　　《炽热的情怀》就要和大家见面了，在此向编辑组各位成员和所有提供过指导、帮助和支持的各位领导、老师、朋友们表示真诚的感谢！其中难免有遗珠之憾，诚请各位读者批评指正！

窑街煤电集团有限公司党委

2022年7月

目录
CONTENTS

优秀散文

优秀诗歌

优秀散文

一家人　一条心　一个目标

三矿　雷彩霞

有这样一群黝黑的汉子，在地心深处，在昏暗的巷道里，他们洒下滴滴汗水，远离了外面的世界，忘却了时间的存在，不知外面是晴空万里还是小雨淅沥。我不知道我可爱的工友们在矿井下如何工作，我看到的是他们出井口时黑黑的面孔，在他们坚毅的眼眸中我更能看到的是他们血管里流淌的激情，燃烧的希望。

有这样一群美丽的女子，她们工作在这样一个地方，潮湿、寒冷，伴随机器的轰鸣。我看到过她们在夏季里汗流浃背，我看到过她们在冬季里的不畏严寒，我看到过她们被寒冷的水淋湿的衣服。但我也看到过她们努力赶上生产进度后的喜悦，看到过她们听说质量标准化达标后的自豪。她们为三矿的安全生产贡献了一份力量，她们为矿区谱写了一首动人的乐曲，瘦弱的她们为煤炭事业奉献了宝贵的青春。

我的父亲18岁来到三矿，让我有幸生长在这里，让我耳闻于窑街煤电的过去，倾听它成长的传奇，而如今我有幸参与它的建设，成为三矿的一份子。这既是一种缘分，也是一种选择，更多的应该是一种信念。

我也在实际工作中深刻地认识到：窑街煤电是我们每个人的家园。如今窑街煤电正在经历它最困难的时期。那么，为何不各尽其力，将咱们煤矿工人特别能吃苦、特别能奉献、特别能战斗的优良传统发扬下去，将责任扛在自己的肩上呢？有人说在硕大的企业里我们只是沧海一粟。不，你是窑街煤电的主人。所以，在这里，我呼吁大家，不要把工作当成应付差事，而是把发展窑街煤电作为自己的责任，一种面对困难、克服困难的责任。企业承载着职工的命运和希望，职工是支撑和推动企业发展进步的坚实力量。在企业这个大家庭里，我们每一位职工都是家庭成员，都在各自的工作岗位上发挥着不同的作用，同时企业也根据我们的辛勤劳作给予了我们回报。

"企业靠我发展，我靠企业生存"，这不是一句空话，是深深根植于我们每一位职工心中必须坚定和实践的信仰。企业现在有困难了，我们不能观望，不能等待，更不能漠视，我们应该坚定信心与企业同呼吸共命运，尽我们所能与企业共渡难关。而我们所要做的，就是立足岗位，安全、优质、高效地干好本职工作，多看、多问、多学、多实践，在思想上热爱企业，在信念上忠于企业，在行动上服务企业，在行动上感恩企业，上下一条心，同舟共济，共克时艰，让企业在寒冬中立于不败之地，披荆斩棘，走出低谷，迎来春天。

在风雨中历练 在挑战中成长

金河煤矿 闫瑜

十九岁，我走进了金河煤矿，这个既熟悉而又陌生的大门。熟悉是因为"安全为天，质量第一"几个字对于生长在矿区的孩子来说几乎是天天都见；陌生，则是因为正式参加工作，一切都与学校不同了。

当年我怀着激动的心情走进矿山大门时，脑海里禁不住浮想联翩。年轻的我想到了如何让自己的青春在这里更加耀眼、璀璨；如何在工作中取得更加优异的成绩；如何让自己更快更好地融入企业这个大家庭。因为我知道矿区的明天就是每一个煤海矿工的明天，矿区发展的骄傲就是每一个煤海矿工的骄傲；企业的发展与壮大要靠我们每位职工的奉献与奋斗，而只有我们可爱的金河煤矿发展了、壮大了，才能成就我们每位职工的美好明天，才能实现我们每位职工的人生价值。

入职八年来，我深深体会到各级领导对我们这些年轻职工素质提升的重视和关心，利用每日一题、每周一课、每月一考等方式，尽可能地给我们提供学习平台与提高自身文化素养的机会。作为一名金河矿的职工，我是幸运的。因为我有着重视我、关心我的各级领导，有着一同工作、一同进步的各位同事，是你们让我懂得了什么是煤矿安全，什么是煤矿生产；是你们让我懂得了"企业要发展、安全要保障、企业要进步、安全要提效"的重要意义。一路走来，是你们让我懂得煤矿安全不仅仅是生命的保障，更是企业发展的基石。安全生产不仅仅是自己的幸福，更是企业发展的翅膀。我感谢矿山，感谢传我经验、助我成长的各位同事；我感谢矿山，感谢洋溢着彼此相携、同舟共济和谐氛围的矿山文化。通过八年的磨练与辛苦，我从一个对煤矿毫无概念的黄毛丫头逐渐成长为一名有着熟练业务技能的企业职工。

作为一名金河煤矿的职工，我热爱自己的岗位，虽然我的岗位可能微不足道，从事的工作平凡而普通，但我一直坚定地认为，我们每个人走出的一小步，汇聚在一起就是矿山跨越发展的一大步，聚沙成塔、集腋成裘，我们添砖加瓦的每一块，就能成就矿山发展的一座又一座里程碑。如果把矿山比作一个大家庭，我们就是矿山的孩子。矿山对每个家庭成员的热忱关怀与疼爱，让每个人都获得成长的财富；而我们这些家庭成员也更加珍视和热爱矿山，并且无怨无悔地维护着这个大家庭的利益。在这个集体中，每位职工都有体现自我价值的机会，都有展示个人才华的平台；而我们需要做的就是练就一身过硬的本领，在爱岗敬业的舞台上炫出自己最美的舞姿。

在矿山博大、温暖的怀抱里，"自主创新办矿，奉献精神育人"的企业精神，使我坚定了搏击风浪的决心。企业的关爱和呵护，让我增强了应对挑战的信心，我深深知道任何成长都不会是一帆风顺的，正是金河煤矿老前辈们的坚韧不拔，为我们树立了榜样，正是金河煤矿老前辈们负重前行的可贵品质，为我们增添了力量，我要像他们一样在岗位上不断历练腾飞的翅膀，向着更广阔的天空去探索、去翱翔！

我的兄弟

金河煤矿 赵勇

平日里和你们见面说话的机会不多，每次看到的不是你们匆匆赶路的身影，就是浑身漆黑下那明亮的双眼和疲惫的步履。

每天我按部就班来到办公室的时候，你们已在深深的井巷工作了整整一夜，陪伴你们的只有隆隆的运输皮带声和头顶那盏明亮的矿灯。

春花秋月，夏雨冬雪，无论哪一种美景，在你们的眼里，都无法和天天面对的黑色相比，你们只有一种色彩，那就是孕育光明的黑暗。

我知道，你们挥舞的手臂下，裹挟着出门时妻子的殷殷目光，你们也想把思念和温存永留在她身边，可你们此刻却在擦拭黑色的汗水；我知道，你们急促的脚步中，饱含着怀里娇儿的喃喃软语，你们也想把慈爱和欢乐停留在他们中间，可你们此刻却在开拓深邃的巷道……

成年累月，你们在黑色的井下，凭借执着的信念和为家人追逐幸福的深情，不断地开采着能源，为我们的家庭，为我们孩子的学校，为我们的工厂，为我们的大楼、道路和桥梁，源源不断地提供着温暖和光明……而陪伴你们的却只有深深的巷道和头顶的光亮……

这就是我的矿工兄弟，他们沉默寡言，不善交际，但却用有力的臂膀支撑着那深入地心的巷道；

　　这就是我的矿工兄弟，他们索取不多，只求安泰，但却用无言的身躯构筑着那座座矗立的楼宇；

　　这就是我的矿工兄弟，他们笑容不多，目光坚定，但却用厚实的承诺护卫着那无数幸福的家园。

　　我知道，回家后嘘寒问暖的娇妻，依偎在怀的儿女，会化解你一身的疲惫，虽然弯曲的后背还在隐隐作痛……

　　我知道，上班前父母的句句嘱托，朋友举杯在手的欢乐情怀，会驱散你所有的忧虑，虽然生活的压力还在不断重复……

　　你轻轻叹口气，义无反顾地朝井下走去，那里有你熟知的岗位；出井后，倚靠在阳光的一角，轻轻吸一口烟，望着远处家的方向，你带着黑色汗水的脸庞，轻轻绽放出会心的一笑……

　　我的兄弟啊，你抖落一身的煤尘，换好洁净的衣裤，把黑色和疲惫留在身后，把伤痛和忧虑抛在脑后，迎向朝阳，迎向家人，迎向你挚爱的生活，大步走去……

做一名合格的共产党员

海石湾离退休职工　王仁

党章就是党的根本大法，是全党必须遵循的总规矩。党章是全党整体意志的集中体现，是从严治党的根本依据，是对党员进行教育的最基本的教材。

作为一名退休职工共产党员，更要认真地学习党章、党规，不论何时何地，都要维护党的荣誉，捍卫党的利益，严守党的政治纪律和政治规矩，自觉在思想上、政治上、行动上同以习近平同志为核心的党中央保持高度一致。坚决听党的话，时刻强化党员意识，牢记自己是一名共产党员。我虽然现已退休，但思想上不能退休，要争做一名合格党员，也就是要时刻不忘记责任，始终严格要求自己，增强"四个意识"，做讲政治、有信念，讲规矩、有纪律，讲道德、有品行，讲奉献、有作为的合格党员。没有比人更高的山，没有比脚更长的路，不忘初心，方得始终。新的历史阶段，新的历史时期，全面建成小康社会的奋斗目标，更离不开全体党员的率先垂范。筑牢信仰之基，补足精神之钙，把稳思想之舵，当好退休职工党员表率，争做一名合格党员，永远听党的话，坚定跟党走，为党的事业做出应有的贡献！

责任心——企业远航的风帆

金河煤矿 王斌

星光灿烂下，我们倾听时代的钟声；漫漫长夜中，我们等待黎明的朝阳。回顾历史，我们的祖国古老而伟大；展望未来，我们的事业壮丽而伟大。为了企业的发展，多少人前仆后继；为了企业的发展，又有多少人燃尽了自己的生命和青春。站在新一年的门槛前，面对新时期新任务，面对打造安全发展、和谐发展新金河的神圣使命，工作与生活在金河这方热土上的每一位职工，都对企业和自己的明天充满了美好的期待。

无论源于何处，我们抱着同样的理想，奔着同样的目标走到了一起。在金河这块肥沃的土壤里，凭着对工作的满腔热情，我们在实践中锤炼自己，提升自我，不断地成长、进步。岁月的流逝、生活的考验、工作的磨练，让我们少了一份天真，多了一份成熟；少了一份莽撞，多了一份责任。我们更加懂得珍惜工作、珍惜生活。家是我们心灵的港湾，企业就是展示风采的舞台。自从我进入金河那天起，企业的荣辱就与我息息相关，我的命运也和企业紧紧相连。我看到——矿山已经远离高强度的体力劳动，实现了作业机械化；我看到——矿山已经改变粗放式的经营管理，实现了管理精细化；我看到——矿山已不再是简陋的办公环境和条件，实现了办公自动化……正是这些变化，让我深刻感受到企业与时俱进、开拓创新的前进步伐。我自豪，我们企业一年年不断前进的辉煌;我骄傲,自己能够乘上企业这艘激流勇进、扬帆远行的航船。

　　一个有责任心的人,一定是个积极向上的人,因为他懂得珍惜,知道感恩。其实,责任对于任何人都不苛刻,不能长成参天大树做栋梁之才,不妨做一棵小草为青春献上一丝新绿;不能像海洋用宽阔的胸怀拥抱百川,愿做一条小溪为孕育土地捧上甘露。人活在世上,总要有个目标,总得有个方向,既然把金河煤矿作为自己终生的职场,就要把自己的理想、信念、青春、才智毫无保留地奉献给这庄严的选择。

　　朋友们,船已离港,帆已高扬,让我们满载历史的收获,踏着企业发展的节奏,用执着托起这片蓝天,用光和热滋养这片土地。理想是船,责任是帆,让我们用责任心撑起企业远航的风帆,鼓足干劲、同舟共济,为迎接雨后炫丽的彩虹,为成就金河美好的明天,倾尽全力,无私奉献!

你的安全是对父母最大的孝敬

海石湾煤矿 周宛青

安全是清晨那明媚的阳光，照耀着我们幸福的生活。安全是我们脸上永久不变的笑容，是我们心中最真挚的愿望，也是最平凡的寄托，最美好的期盼，更是父母的心愿，是对父母最大的孝敬。

我们生活在矿山这个美丽的大家庭，我们共同的心愿，就是人人平安、家家幸福、矿区和谐。在孩提时，安全给我的第一课，便是天天见到母亲伫立街头，焦急地等待不能按时下班回家的父亲的情景。父亲的每一次平安回家都包含了全家人的深深牵挂，而母亲那翘首以盼的身影也凝固成了我记忆中永远抹不掉的回忆。

长大后，我也接过了父辈们手中的接力棒，有幸成为一名矿山工人。参加工作后，在和父亲的交谈中，我知道，随着矿井现代化发展的脚步，我们拥有科学的管理方法，应用着先进的技术、先进的设备，拥有高素质的技能人才，正踏着坚实的步子向本质安全型矿井迈进，我们的矿山发生了巨大的变化。一个人的安全不仅是对自己负责，更多地是对关心你的家人负责。

你的安全是对父母最大的孝敬，那么我们就应该在工作中时刻关注安全，珍惜自己的生命。温馨的家中，年愈古稀的父母在焦虑中等待你平安归来，因为是他们含辛茹苦把你养大，他们期望你传承和发扬家族的辉煌，期望你为他们养老送终。你不是在无意中说起，单薄的棉袜在井下走路很不舒服吗？你看，带着老花镜的母亲怀里一边抱着你天真快乐的儿子，一边为你编织着厚厚的毛袜。你看，满头白发的父亲驼背爬在写字台前，认真地列出给你煲暖胃汤所需的佐料，怕你因井下的潮气再次引起胃病。他们把你当成家里的顶梁柱，把所有的爱倾注在你身上，把你的安全归来当做他们一天中最美好的时光，这些还不够吗！难道我们还要抱着侥幸心理去省掉一道必不可少的工序；抱着麻痹的心理漠视自己和别人的"三违"，使着强蛮的个性去违背安全生产的客观规律吗？要知道我们不仅仅是珍爱自己的生命，更是在珍爱全家人的幸福。

安全是天　平安是福

三矿　杨小华

哪一个人不愿笑语常在，哪一个家庭不愿幸福美满，哪一个企业不愿兴旺发达？这一切都需要有安全作保证。安全，就像一根生命之线，把我们一个个美好的愿望连接在稳定、祥和、五彩缤纷的世界里。从古至今，安全都是人们最重视的事情。《庄子语录》中说："谨慎能捕秋蝉，小心驶得万年船。"而人虽是改造大自然的生产力，其生命也是非常脆弱的，每个人的生命只有一次，是不可重来的最宝贵的财富。

三矿作为集团公司生产能力最大的主力矿井，一线工作人员每天要和各类采掘设备打交道，哪怕极小的疏忽和大意都会成为威胁生命的安全隐患。三矿高度重视安全生产，始终把安全管理工作放在首位，根据工作需要不断完善各项规章制度、操作规程，配备各种劳动保护用具，并经常以本单位的典型安全案例对职工进行各种形式的安全教育，用活生生的事实影响、激励员工。但尽管如此，生产经营工作仍存在安全隐患，须持续改进。每一次事故的背后，总留给我们许许多多的懊悔与哀伤，但我们要在哀伤中反思，牢记这些用鲜血和生命换来的教训。每一次事故的发生，看似偶然，但对安全生产掉以轻心、有章不循、违规作业并存有侥幸心理的那些人而言，是迟早都会发生的必然。

那么，怎样才能消除隐患真正做到安全生产呢？我认为，在目前单位已经提供了保障安全的各项条件的前提下，最重要的是每一位职工必须进一步提高安全生产意识，强化安全生产认知，把客观的、被动的"要我安全"转变为主观的、主动的"我要安全"。也就是说要把管理者对职工提出的安全规范要求转化为职工的自觉安全行为。这两种提法，不仅表述了不同的语言概念，且安全实现方式和管理效果也大不相同。"要我安全"，是从客体出发，由外因发出安全生产约束控制信息，作用于安全生产行为的主体，最终达到生产安全；"我要安全"则是从主体出发，由内因产生安全生产的动机，主观能动地实现安全生产。一般情况下，职工都会为自己的安全需要而遵守安全生产规程，采取自我保护措施，但有些人则因为对安全生产规程没有足够的重视，认识不到违章作业的严重危害性；或对规程中的各种操作要求、手势感到麻烦而不去遵守；或因抢时间、赶进度，而忽视、忘记安全生产规程；或因嫌劳保用品"碍事"，而不用单位配备的防护用具；也有的同志对自己的技术过分自信，麻痹大意、明知故犯。企业的安全需要每一位职工把企业的安全规章制度和每一条安全标语、口号深深地植入自己的头脑并贯穿到实际工作中，不断提高自我保护意识和能力，规范每一个操作细节，贯彻每一项安全制度，从细节入手，把事故扼杀在萌芽状态；需要每位职工兢兢业业做好本职工作、认认真真落实安全责任，更需要全体职工的共同努力与付出。

安全生产是每一个企业职工的护身符。谁违反了，就等于飞蛾扑火。其实，事故不难防，重在守规章；最大祸根是失职，最大隐患是违章。只有当我们牢记安全之责，践行"我的安全我负责，他人安全我有责，单位安全我尽责"的安全观念，每个人都提高了安全意识，人人讲安全，事事为安全，时时想安全，处处要安全，我们才能有安全。为了您和家人的幸福、社会的和谐，请珍惜生命，远离违章，紧绷安全之弦，扬起安全风帆，为实现公司持续安全发展而努力！

安全是天 平安是福

金河煤矿 张彦荣

众所周知，安全对于我们每个矿工都显得尤为重要。习近平总书记曾指出，人命关天，发展决不能以牺牲人的生命为代价。这必须作为一条不可逾越的红线。这为每一个企业的安全工作划清了底线，企业只有坚持以人为本，才能安全、稳定、长期的发展。而对于我们煤矿企业来说，要做好安全生产工作，其根本是要全面落实企业安全生产主体责任，只有我们每个人都能认识到安全生产工作的重要性，煤矿才能实现安全生产。

自 2012 年从事井下一线工作以来，给我最大的感触就是：煤炭企业必须坚持"安全第一，预防为主，综合治理"的十二字方针。顾名思义，"安全第一"是强调煤矿在安全生产管理上的首要原则是安全优先。只有将安全放在煤矿管理工作中的首要位置，我们的企业才能保证安全生产，保持高效、稳定的发展。

说到这，不禁有人要问："什么是企业安全生产主体责任？"企业安全生产主体责任是国家有关安全生产的法律、法规，要求企业在安全生产保障方面应当执行的有关规定，应当履行的工作职责，应当具备的安全生产条件，应当执行的行为准则及应当承担的法律责任。而对于我们每个职工来说，大家虽然了解的不是很多，但却是和我们每一位职工都息息相关的。在井下工作的工友们，每天都要面对井下复杂和恶劣的工作环境及各种各样的生产设备，比如采掘设备、运输设备、提升设备等。在操作这些设备的过程中，都要求每位职工持证上岗，严格按照各项操作规程进行操作，严格遵守各项安全生产规章制度。尤其是岗位工的操作规程，是操作工人在一次次的失败后取得的经验和教训，这是非常宝贵的财富。只有我们每位职工共同遵守、严格执行相关制度，杜绝违章作业，才能做好安全生产工作。对每位职工而言，如果发生事故，自身被伤害的机率是最大的，所以每位职工必须高度重视安全生产工作，做到"三不伤害"，降低企业和自身的财产损失。

强化红线意识，全面落实安全生产主体责任，不能纸上谈兵。从企业领导到基层每一名职工，只有真正做到安全生产责任"入心入脑"，人人懂安全、抓安全，齐抓共管，才能做好安全生产工作。让我们共同行动，将安全生产责任记在心里，落实在行动中，筑牢安全生产防线。

一封家书

三矿　豆红

亲爱的老公：

　　夜色已晚，可我却辗转难眠，今晚你又上夜班，我的心也随你去了那幽深的井巷。我之所以辗转难眠，是因为对你的牵挂，对你的惦记，惦记你在井下还好吗，是否困了，是否安全？

　　恍然间，岁月已经在我们之间流失了十个春秋，这十个春秋记载着我们幸福生活的点点滴滴，从认识你的那天起，你的安全就成了我的牵挂，隔三岔五的我会叮嘱上几句："下井前别忘了给我发个信息，升井后别忘了给我打个电话，在井下一定要注意安全！"时间长了，你总是不耐烦的给我扔下一句："知道了，你怎么那么絮叨！"

　　老公，不是我絮叨，从小就在矿山长大，如今又是一名矿山职工的我，深知煤矿的工作环境，每当我看到电视上那一幕幕惨不忍睹的画面时，我的心都在颤抖、在滴血、在交织着各种痛苦。我之所以唠叨，就是希望你能在工作中紧绷安全这根弦，时刻把"安全"二字牢记心间。

　　老公，你记得吗？有一次我和同事像往常一样在井口为矿工师傅送水，当我把一杯杯热茶送到矿工师傅的手中时，都不忘为他们送上平安的祝福。正当我忙碌时，我突然间愣住了，你伸手接过我手中的茶杯，静静地望着我，一言不发。而那时的我，看着眼前的你，心中不禁涌出阵阵的酸楚。那一刻，让我难以相信此时站在我面前的是平日里英俊潇洒的你，你的脸庞沾满煤尘，头发被汗水浸湿，衣服也不知何时被划破，你怀里抱着安全帽，你拖着那沉重的胶靴，带着丝丝的疲倦对我微微一笑，就在那时，就在那刻，我决定要和你在一起，要为你撑起安全之伞，筑起幸福的第一道防线。

人生如歌，岁月长流。是我们的缘分让我们走在一起。你的工作是那么辛苦，你的平安是我一生的牵挂。每当你下井时我总是忐忑不安，尤其是你上夜班，我总会蜷缩在深夜里，牵挂伴随着时钟滴滴答答的声音，成了我无眠的痛苦。

老公，多么地期望你牢记我们携手步入婚姻殿堂时许下的诺言："你的平安是我今生最大的幸福，能够彼此陪伴慢慢变老是我们今生不变的追求！"然而，这样的诺言必须由安全作保障，才能真正体现出它的价值。我不奢求你给我荣华富贵的生活，我只希望你每天都开开心心、平平安安。老公为了我们的幸福，请把我们的诺言铭记在心，用"平安"筑建幸福的港湾。

爱你的红红
2017 年 5 月 10 日

团队协作 安全随行

金河煤矿 宋娟

2016 年 1 月,我被调至金河煤矿机电二队哈拉沟风井工作,起初我对这份工作既憧憬又陌生,这是一份什么样的工作呢?我能胜任吗? 24 小时不回家我能习惯吗?各种复杂的心情一涌而出……

大家想知道我第一天上班的真实感受吗?坐在车上,从一开始满怀憧憬的兴奋,逐渐转变为心里压抑的失落! 12 公里的崎岖山路,越往里走心情越是低落,到了岗位后,面对那么多的设备,满脑子的疑问,满脸的沮丧。说真的,那时我真后悔为什么要选择这个岗位。

我平复了自己烦躁的情绪,慢慢地我对这里的工作和我们的团队有了新的认识。大家知道吗?哈拉沟风井位于海石湾旋子村进山约 12 公里处,主要包括金河煤矿变电所、瓦斯泵、压风机、主扇风机和海矿风机、瓦斯泵等机房,这些机房是两个矿井重要的部分,是井下安全生产的保障,而井下工友们的安全与我们的安全操作息息相关,这样看似简单的工作每天都在重复着!从坐上车的那一刻起就感觉责任在肩。有时因为天气影响导致不能正常上下班,突然一下子感觉与世隔绝。听师傅说,有一次下雪,工友们被困在山上长达 7 天,当时手机没有信号,也没有储存食物,和家人失去了联系,泥泞坎坷的山路隔断了回家的路。

有的工友哭了，但是不哭的不代表不想家，那种心情是谁都无法体会的，由于长时间工作怕影响工作质量，值班队长决定各机房的工作人员步行交接班，走在回去的路上全是泥水，走一趟就是两三个小时，但是为了保证设备的正常运行，他们毅然选择了坚持……也许我是幸运的，没有遇到太多的困难，我在听他们的故事，也在体会他们当时的心境，在这样艰苦的条件下，他们克服种种困难毫无怨言，他们放弃了节假日与亲朋好友团聚的时光，选择了坚守岗位，勤勤恳恳，他们很平凡，很简单！就是这样一支团结的队伍，打破我之前对这份工作所有的认识，我渐渐地融入其中，真正地明白，无论选择什么职业，每一个岗位都是极其重要，每个人必须严格遵守岗位责任制等各项制度，更应该保证每班认真填写记录，专心关注设备的运行情况，遇见问题应该沉着冷静，及时向调度室和队上汇报设备异常情况，坚决不准无故擅自离开岗位，确保井下安全生产。

也许，在这个世界上，任何一个人的力量都是渺小的，只有融入团队，只有与团队一起奋斗，我们的"大家庭"才会越走越远！正是因为有了这份责任，我相信哈拉沟这支小团队正是怀着对金河煤矿这个"大家庭"的忠诚，齐心协力，恪尽职守，安全才能随行，这样我们的"小家庭"才会幸福快乐，我们的矿井才能安全发展，我们的矿区才能和谐稳定！

愉快工作 幸福生活

劣质煤热电厂 周红梅

我很欣赏一句话，那就是："工作的目的是为了生活的快乐，快乐的工作才能更快乐的生活。"工作与生活是每个人生命中不可缺少的部分，对于一个上班族而言，无论你是否喜欢工作，它都在我们的生活中占有重要的位置。在某种意义上，工作占据我们生命的大部分时间，如果我们不能对自己的工作产生兴趣，那我们就是在浪费生命。工作不仅仅是谋生的手段，更是实现自我价值的过程，是获得快乐的源泉。

我是一名检修女工，几年来，由于设备老化等原因，检修工作越来越繁重，经常加班延点，当我下班后独自一人走在回家的路上，隐隐约约听见路边的两个人相互询问着对方工作怎么样，家庭还好吧，生活幸不幸福，过得开不开心，我似乎被这个话题所吸引，一下把我带入了回忆。从事检修工作也快二十年了，在这份平凡的岗位上，我深深地明白这份工作对自己，对他人，对社会的重要。这么多年，由最开始的学习、实习，再到独自操作，各方面的环节都让我感受到身为检修人的骄傲。有人说，幸福是有一个美满的家庭；有人说，幸福是一生平安；也有人说，幸福是衣食无忧；还有人说，幸福是每一天快乐。不同的人生，不同的生活，对幸福的感悟都会不一样。生活中不是缺少幸福，而是缺少对幸福的感受！我为我选择的工作、生活而感到幸福快乐！

我是一个对工作高度负责任的人。每当我检修完设备，虽然又苦又累，但看到设备的正常运转，看着大家的笑脸，身体的疲劳似乎一下抛到九霄云外去了，顿时感觉这份工作还赋有其他的意义，是这份工作带给我无穷的快乐。

用心的工作离不开家庭的支持。干了一天工作，当我拖着疲惫的身躯进入家门的那一刻，看到家人露出会心的笑容，我感到很幸福，我也很满足，也正是家人的支持，我才能够搞好检修工作。作为母亲，我自认为不是很称职，为了工作，有时不得不放弃一些与孩子在一起的机会，懂事的儿子经常在家自己做饭，还给我准备，回来的太晚的话，看着他睡着的模样，心里总是感觉很幸福。老公贴心的问候，耐心的等待，让我在工作中增添了一份动力。我幸福着，我快乐着。

对待工作，对待生活，我们不能抱着无所谓，不能抱着应付的态度。有位哲学家说过："态度决定高度！"一种消极的态度会让你对自己的工作与生活失去信心；反之，会让你在工作和生活中获得更多，更有成就与幸福感！每当工作太累，思想松懈的时候，我总是会想到工作所赋予我的责任。

我就是这样的一个人，快乐的生活，愉快的工作。

读书 让自己变优秀

长山子煤矿 胡伟琼

在年龄的不断增长中，我们的角色也在不断地变化。三十而立，这不仅是一个人人生中最重要的时候，更是一个女人拥有更多身份的时候。一个女人在一个家庭中的影响是很大的，怎样才能让一个女人变得优雅、美丽、自信呢？答案很简单，就是不断地学习充实自己，并将自己阳光的一面带给家庭。三十岁的女人在生活中有工作、有家庭、有父母、有子女，留给自己的时间变少了，怎样利用好自己的时间呢？读书就是一个很好的方法，读书使人充实，也可以影响家庭。

多读书，保持心静如水、人淡如菊的心境。我们在生活中很多时候都需要处理很多不同的问题。我们都需要一个好的心态，读书可以静心，让我们遇事不骄不躁。

书是获取知识的渠道、提高人素质的有效途径，也是涵养静气的摇篮。读书可以修身养性，因为读书的时候你需要集中精力去做一件事。正如三毛说，读书多了，容颜自然改变，许多时候，自己以为许多看过的书籍都成了过眼云烟，不复记忆，其实他们仍是潜在的，在气质里、在谈吐上、在胸襟的无涯，当然也可能显露在生活和文字里。所以，我们读书久了，身上会散发出书中的气质、素质和涵养。

读书妙处无穷，书香熏染人生。正如莎士比亚所说，生活里没有书籍，就好像没有阳光；智慧里没有书籍，就好像鸟儿没有翅膀。我们的生活是一副黑白画，书是五彩缤纷的画笔，它可以为生活增加鲜亮的颜色，让生活有趣，不再单调。

读书至少可以滋润心灵，开启心智，将琐碎杂乱的现实提升到一个较为超然的境界，一切日常因为大事而生的焦虑、烦忧、气恼、悲愁，以及一切把你牵扯在内的扰攘纷争，瞬间云消雾散。我们可以从书中学习到从容。有人说得好："浮躁的社会，心静者胜出。"读书的力量常常不是通过肉体感官体现，而是源源不断地潜移默化。

读书至少可以增长知识，去除无知；提高素质，去除愚昧；充实生活，丰富精神；滋润心灵，减少空虚；淡定从容，明辨是非。读书能使人时时闪烁着生命的光辉，让人欣赏到不同的生命历程，从而使自己灵魂欢畅，精神饱满而丰盈。书，在我们日常生活中所赋予我们的规劝和慰藉，质同金玉，价值无量。正如宋真宗赵恒说过："富家不用买良田，书中自有千钟粟。安居不用架高楼，书中自有黄金屋。娶妻莫恨不良媒，书中自有颜如玉。"读书，让人变得懂事。读书，是优雅的思想交流。

人需要学习、进步。女人更需要让自己变优秀，这个时代的女神，不再只是看颜值，更需要看内涵。

一个女性的阅读习惯能影响到一个家庭，不仅让自己变优秀，也可以给孩子一个好的榜样；不仅对生活充满热情，也可以从容淡定。让自己开阔，给孩子一个正确的价值观。

读书，活出最真实优雅的自我。

中年感悟

铁运公司 李金环

时光匆匆，日月如梭，又是一季春来到，看着已有点春意的日子，作为一个已步入中年的人来说，除了感叹时光的飞逝，还能干些什么呢？细细回想，原来我们消磨掉了许多日子，年轻的时候总觉得时间好多，把许多事都推到"明天"去做，当把"明天"变成"今天"时，发现还有明天，就这样不知不觉人到中年了，此时才猛然发现，我们盼来的"明天"就是失去的今天，原来我们挥霍的是自己的时间，徒留下一脸的沧桑。

也不知从何时开始，我们对任何事都看淡了不少，没有了许多盲目的追求，心里也平静了不少，又从何时开始，我们向往一种平实的安定？都说诗酒趁年华，也只有青春之时才敢于挥霍光阴，如今中年之后再回首，只觉得人生如一场梦，我们沉迷于梦中无法自拔，梦醒之后发现光阴已逝，沧桑已爬满了我们的脸。

中年后才懂得"知足常乐"这句话的深意：钱财不需多，够用就行；朋友不需多，交心就好；幸福不需多，开心就好。要求太高，累了身体累了心就得不偿失了。

年龄大了心也要大，有些事有些人看不惯也得藏心里，不能随意拆穿，给自己一份安宁，更给别人一份情面，活着总有看不惯的人和事，总有诉不完的苦，总有做不了的事，看淡了，心里就坦然了，人生如水，看淡了它是透明的，看重了它就是混沌的。

人常说"一念苦，一念乐，一念得，一念失"，其实人活着就是在苦乐之间徘徊，在得失之间痛苦，我们要安排好自己的内心，心平静了，才能看见万物的清澈；心放下了，才不被他物所负累；心明了了，才不因外境而迷离。用快乐之心待苦乐，苦乐才会离你远去。用平常之心看得失，人生才不会觉得累。

人的一生会遇到很多人，有些人会成为朋友，有些人仅仅是一个过客，成为朋友的人中有一些会是知心的朋友，有一些仅仅是酒桌上的朋友；过客中有些人仅一面之缘，而有些人会让人一辈子难忘；和人品好的人结交，才能提高自己，所谓"近朱者赤，近墨者黑"，和人品好的人做朋友，他一定不会只是夸奖和赞美你，更多的是忠言逆耳；与人结交，是一场心灵与心灵坦诚沟通的旅行，不能只一味看到别人的缺陷，而听不进别人对你的忠告，真正的朋友，一定不是锦上添花，而是雪中送炭，中年后明白了这些道理，那就说明心就坦然了，人也就豁达了。

中年之后的生活其实真的有点累，上有老人需尽孝，下有儿女需抚养，如果没有一个好点的心态，生活一定会很糟。闲暇之余泡一壶茶，将所有的心事与烦恼都融于茶香中，淡淡品尝，默默回味茶香带来的那一丝惬意，耳边放一曲舒缓清新的乐曲，学一学那深山古刹修佛悟道之人，把心放空，静静地将所有的不愉快都抛之脑后……

人生总有很多事情难求完美，中年之后要学会一切随缘，万事不可强求，该来的自然来，该走的留不住。有些事想不通就不要去想，有些人猜不透就不要去猜，有些路走不通就换条路走；生活中总有风雨，大家各有各的苦衷和烦恼，人人都会面临各种选择，在做决定的时候，都要面对大家这样那样的眼光，有人支持，有人反对，有人围观，这时候，不妨淡然处之，我们希望别人理解，那么我们也要试着去理解别人。做一个温和的围观者，多一些担待，多一些宽容，人间事不过一笑而过。

幸福阅读 追求完美

三矿 马蓉

你多久没朗读了？很久了吧！当我们几乎淡忘的"朗读"被搬上屏幕，会是什么模样？当无声的文字遇见有声的倾诉，将产生什么样的张力与魅力？

当一档又一档"清流"般的文化节目于最近刷爆荧屏的时候，我们又该透过开播即火的节目，懂得什么呢？特别是主持人董卿在《朗读者》节目中出色的亮相，以及曾经主持中国诗词大赛中表现出的文化底蕴，观众们不禁会问：他们是怎样做到的呢？而答案，就是节目中最核心的主题："阅读"归根到底就是"读书"。腹有诗书气自华，你读过的书都藏在你的气质里。读书，是门槛最低的高贵之举。

《轻轻走向完美》是女作家毕淑敏用自己的亲身经历和切身体会，专门为女人们编写的一本对人生、爱情、家庭、事业、心灵感悟的文章。参加工作以后的我很少读书，但是详读她的这本书后，我的内心受到极大的震动，在书中她告诉我们女性，在漫漫人生旅途中，该如何认识自己、磨炼自己、提升自己，让每个女人更加成熟和完美。

而现实中，无论工作还是生活，无论处事还是待人，我总是力求尽善尽美，做一个完美的女人，是我心中一直追求的梦想。但现实生活中，我所遇到的人和事，往往不是完美的，时间久了，我所坚持的梦想开始动摇。

　　偶然的一天，我遇到这本书，一看书名不由得想看看，静下平日烦躁的心，仔细阅读，读着读着我竟入了迷。书中主要叙述了情感、心灵、爱情、婚姻、家庭、工作、健康及幸福等内容。书中的文字很优美，让我不由得徜徉其中。读着这本书，心中涌起万千思绪，书中有些故事，引起我的共鸣，毕竟我也过了不惑之年，对人生也有了些许感悟，正如这本书所写：我们的人生肯定会有很多不完美的地方，就像这个世界从来都不是完美的。完美只是相对的，不是绝对的。所以，慢慢走向完美吧。

　　如何培养优秀的女性，不仅仅是自己的事情，更是家庭、国家的事情。党的十八大提出"开展全民阅读活动"的倡导，以及央视播音员做的提倡阅读的公益广告，都在告诉大家，这就是提升女性的最好方法。腹有诗书气自华，淡淡的书香，可以熏陶出女人淡泊从容的气质，可以保持女人恒久不变的魅力。读书不仅给自己增添魅力，更可以给孩子良好的教育，给爱人更多的理解，给事业更强的动力。所以亲爱的女人们，多读书，读好书吧！

　　三流的化妆是脸上的化妆，二流的化妆是精神的化妆，一流的化妆是生命的化妆，而精神和生命的化妆，很大程度上取决于书籍的滋养和浸润。阅读改变气质，为追求人生完美，做一名爱阅读的女人吧！正如书的结尾所说：我们就像一个命运的绣女，只要心中存着完美的图案，平心静气一针一线宁静地绣下去，便会日臻完美。到了生命结束的那一天，完美谢幕。所以，完美就是一个漫长的修行之路，一个值得我们用一生去追寻的目标，只要我们能有坚定的信念和永不放弃的决心，我们就能逐步走向完美，成就自己的美好人生。

今生，愿我们每一个有梦想的女性"轻轻走向完美"，做一个完美的女子！

安全一棵树 细节是根部

兴元铁合金公司 高丽

相信大家经常听到这样一句话："小心，注意安全！"虽然只有短短的 6 个字，然而这句话的背后包含了太多太多的含义：它既有关爱，也有警告，更有一种对生命的敬畏。所谓关爱是因为家人希望看到一个健康、笑容绽放的你；所谓警告是要你认真做好这项危险性高、难度大的工作，不要麻痹大意，暂且不说人们对这句话的理解会有多深，但防患于未然的周全是每一个人必须想到，并且必须做到的。

身为集团公司的一名职工，我们必须充分了解自身岗位的专业知识，认真学习安全制度。每一条安全制度和操作规程，都是在血的教训中积累而来，它不是束缚我们的枷锁，而是指引我们正确前行的航标，只要我们认真地学习、严格地执行，事故是可以避免的。在进行每一项工作时，首先要问问自己："这样做违章吗，安全吗？"目的就是要把"安全第一"的思想植入我们的大脑，培养正确的安全行为观，每一项工作都有其特殊性，我们要避免单纯的以经验办事，才能杜绝一切习惯性违章，有些人明知道一些行为是违章的，就是嫌麻烦不愿改，认为一直都是这样干的，不会那么巧就出事的，这样的心理其实就是安全意识麻痹的表现。要知道，任何的违章行为都可能将自己推向危险的边缘，是要受到惩罚的。

作为从事冶炼行业的企业，我们更要将安全工作放在重要位置，年年讲、月月谈，天天抓、时时紧。从点滴做起，严格要求，一丝不苟，为筑起安全大堤而努力。然而，就是有个别人视忠告为耳旁风，于是一时的疏忽，一次小小失误给个人带来痛苦，给家庭蒙上阴影，给企业带来损失。生命是珍贵的，当我们把目光投向那一个个血淋淋的事故，再看一看那不再完整的家的时候，酸涩在眼，悲痛在心，是什么让悲剧重演，安全的特殊性体现在哪里？各种用鲜血和生命换来的安全规程似乎在向人们诠释一个道理：你，藐视它的存在；它，就藐视你的生命。

为了企业的发展，为了个人的安全，为了家庭的幸福，请拿"安全"当回事，因为只有安全在心，生命才能在手，安全生产应该有你、有我，有大家护航！

一名地检员的心声

金河煤矿 马文娟

作为一名地面安检员兼安全协管员，为安全生产把好第一关是我每天都要做的工作，同时也是我们的职责。在车场维持秩序时，看到有些入井人员随意地在人车中间横穿跨越，感觉我们的职工安全意识淡薄，在每一趟人车出入井的时候，我们都不断地提醒各位工友上下人车要注意安全、穿戴好衣帽，携带好矿灯、自救器，入井时严禁携带香烟、点火物，严禁穿化纤衣服入井，严禁喝酒入井。人车启动前我们提醒工友挂好人车两侧的防护链，不要将手脚伸出人车外，在井下行走时注意安全，在工作中遵章守纪，出井时送上一句温馨的提示："你们辛苦了，等人车停稳后再下车。"

对于我们煤矿企业而言，安全就是生命，安全就是效益，安全就是一切工作的重中之重。而对于我们每一个煤矿职工家庭来说，安全就是健康，安全就是欢乐，安全就是每个家庭平安与幸福的守护神。所以说"居安思危除隐患，预防为主保安全"。一个和谐的家庭会让职工脸上永远洋溢着微笑，会以饱满的情绪出现在工作岗位，能够全身心的投入工作，而无后顾之忧，在丈夫出井回到家时为他们沏上一杯热茶，端上一碗热面，温柔的说一声："老公，你辛苦了。"煤矿是高危行业，保护我们珍贵而又脆弱的生命，就必须树牢安全理念、强化安全意识。幸福、平安，这是我们每个家庭永远的希望，更是每一个企业不懈的追求。

在工作中成长

金河煤矿 吴海燕

　　时光如梭，转眼之间在煤矿工作已经十余载了。这里既有工作的艰辛与压力，也有收获的喜悦与欣慰；这里既有求索的痛苦，也有成长的快乐；这里既有领导的关心、同事的帮助，也有自己的刻苦努力。

　　回想当年刚来到煤矿心中有许多的不甘，后来在亲友和同事的开导下，由最开始的消极到对煤矿工作有了新的认识和理解，也为自己是一个矿山女子而骄傲，还为自己能拥有一份自己喜欢的工作而高兴，每天踏踏实实地工作着，不为诱惑而动心，不为功名利禄，只为心中的那份责任。

　　在矿山工作十几年的时间里，我从最初的不懂不会，所有事情听吩咐、等命令、受指派，到这个事情全部由我负责，全由我来扛，结果全部由我来承担，中间这个心态的转变非常重要。我的经验是：对待工作，对待生活，我们不能抱着无所谓和应付的态度，有时候你做了跟没做的效果真的是截然不同的，做好了你得到的精神满足远远超过了你上班所带来的精神疲劳。每天面对许多平凡琐碎的工作，热情难免会慢慢减退。但我始终记得一位长辈对我说过的话："每一份工作都是你学习的过程，只要你端正态度，即使是小事也能从中学到大道理。"我时刻铭记这句话，从每一件小事做起，保持对工作的热情，慢慢成长起来。在工作中即使是小事也要做到最好，要拒绝浮躁，做事不贪大，要明白把每一件简单的事做好就是不简单。

陪伴是最长情的告白

天祝煤业公司 张玉花

前几日，偶尔看到一句话——"陪伴是最长情的告白"。一袭感动，驰骋而过，无需要更多的语言表白，无需更多的色彩点缀，默默的陪伴，亦是世间最好的真情告白，如《最浪漫的事》歌中所唱"我能想到最浪漫的事，就是和你一起慢慢变老，一路上，收藏点点滴滴的欢笑，留到以后坐着摇椅慢慢聊，直到我们老的哪儿也去不了，你依然把我当成手心里的宝"。

女儿寒假归来，每晚吃过饭后，全家人一起看电视，女儿总追一部《三生三世十里桃花》的电视剧，开始我总觉得无趣，剧中所造的神仙爱情故事，与我们的现实社会相隔太远，我觉得那不过是情窦初开的少女所喜欢的剧情，可是将电视剧追完不免感到，虽然是一部电视剧，虽然神仙般的生活与我们所处的生活截然不同，可是剧中男主人公太子夜华对女主人公上神白浅三生三世的痴情和专一是一种陪伴，令人心生羡慕，可细细想来我们生活中夫妻之间不论贫穷与富裕的常相守不也是一种陪伴吗？

今年大年初一，丈夫与其好友在家中一饮畅谈，丈夫醉后的一番话，让我感到幸福。女儿还讨趣到，原来父母之间的爱情是世上最伟大的，不似电视剧中那么轰轰烈烈，更多的是一件小事、一个动作，却是从字里行间，细微小事中感到不离不弃地相伴，无怨无悔地追随，才是最浪漫的爱情。丈夫在我心中是一个不善于言表的大男人形象，从不会说任何甜言蜜语，多少苦累都不会在我与女儿面前表现，他坚实的臂膀让我感到家的温暖。认识丈夫与我的人都说，是我将家里打理得井井有条，家庭和睦，孩子也很懂事，似乎一切都是我的功劳。其实不然，是丈夫给了我家的温暖，一个休息的港湾，生活美满幸福。那日，丈夫醉后含糊说出一番话，让我顿时热泪盈眶。他说，这辈子最幸福的事情就是娶了我，与我有一个美满的家庭，拥有一个漂亮懂事的女儿，每日的辛苦工作，虽然有点累，但想到我，想到家，心里便是暖暖的，每当回家后，总是要听我唠叨，可是仍然很幸福，因为他懂得是因为爱。细细想来，我与丈夫结婚二十多年，丈夫待我真好，他是一名司机，总要外出，归来时总不忘记买点我喜欢吃的零食，我总是埋怨地说，现在的身体胖了许多。丈夫却说，无论胖瘦，无论美丑，你永远是我心中的女神。因为爱你，所以我想把天底下的好吃的都给你，世界那么大，我想陪你一起吃，让我们两个一起变成幸福的胖子，躺在你身边，连做梦的时候，都是美食的味道。

因为彼此陪伴、信任，所以彼此坦诚，有一句很动人的话："愿有岁月可回首，且以情深共白头。"这便是一起慢慢变老，陪伴永远最好的解释。

百年修得同船渡，千年修得共枕眠。走在一起，很不容易，彼此多些包容理解，是长长久久相处的基石。少些猜疑，多些理解;少些埋怨，多些体谅，不论风霜有多大，不论海浪有多高，只要左手不离右手，再多的坎坷不平，也会风雨同舟，一一共济渡过。

陪伴，是最长情的告白。

携手幸福的阳光女人

金河煤矿　王海燕

对于幸福，每个人都会有不同的理解。有人说："幸福就是睡觉睡到自然醒，数钱数到手抽筋。"有人说："幸福就是全家人健康、快乐的生活在一起。"还有人说："幸福是通过不断拼搏，努力实现自己梦想的那一瞬间的愉悦心情。"我认为，幸福归根结底就是每个人实现自我愿望时的极致感受。

时常听到周围女同事说："还是你幸福啊，孩子那么懂事，老公那么体贴，工作那么顺心。"每次我都会一笑而过，但心里却认为，只要做一个阳光女人就一定能携手幸福。

我是一名矿工的妻子，一个标准的三口之家，结婚十余年，我和老公在事业上相互扶持、共同进步。在生活中我们相亲相爱、和睦相处，共同营造了一个安全、温馨、幸福的家庭。

对于一个幸福美满的家庭，安全始终是第一位的。"全家安全系一人，一人安全系全家"的安全意识已经深入我们家每个成员的心中。我们夫妻从成亲那天起，就共同签署了夫妻安全条约和家庭安全公约，相互间的责任感增强了，我们的爱心小巢也筑牢了。为了让老公安心工作，我常吹"枕边风"，长念"安全经"：家里的一切事情你不用操心，伺候老人、照顾孩子、柴米油盐、缝补浆洗等所有的家务我来承担，只要你能保证安全生产，这就是我们家的最大幸福。

　　生活中，也许你是一位相夫教子的妻子，也许你是一位含辛茹苦的单亲妈妈，也许你是一名潇洒自在的美少女……不管是当中的哪一种，作为新时代的矿山女性都应该用知识让自己充实起来，读书能帮我们煤矿女工明白自己想要什么、该做什么，如何才能凭借自己的能力，适应这个社会，正确处理家庭关系、人际关系，应对各类复杂的问题，不断提升自己，做一个外表与内涵皆美的矿山女人。

幸福的真谛——让爱回家

劣质煤热电厂 杨喜梅

没有阳光，就没有大地的温暖；没有雨露，就没有五谷的丰登；没有水源，就没有生生不息；没有父母的家，永远都在漂泊。家是我们最重要的地方，最熟悉的地方，也是我们最容易忽略的地方。让爱回家，别让父母的爱成为永远的等待！

每次刚进小区，大老远就能看到公公、婆婆、女儿咧着大嘴站在楼下迎接我们。要是赶上盛夏，女儿那漂亮的胖手里还会"傻兮兮"地举着一个特意给我吃的冰糕，女儿远远地嗲声嗲气地喊着"爸爸妈妈"，穿透整个小区街道，惹来小区无数人的回头。两岁的女儿张开双臂、肆无忌惮地紧搂着老公的脖子，亲一下她爸爸的脸，然后钻进我的怀里，三个人欢呼雀跃地抱成一团，那种幸福感着实令人感慨。婆婆逢人便会说："我儿子儿媳一下班回家，就买好多东西，说不让买，哎，就是不听啊！"爽朗的笑声里满是幸福的味道，一点也听不出埋怨来。

婆婆只要到我们下班回家的时候，热气腾腾的饭菜早就上了桌。老公每次回家就像几辈子没吃过东西一样，吧唧着嘴大口地吃着，女儿的反应就更甭提了，对她来说，美好记忆是永恒的，爷爷奶奶在她心目中的地位是无人能取代的。吃到奶奶做的饭那可比带她畅游名胜古迹、吃山珍海味要舒心快乐得多。婆婆每次说的最多的话就是："真好！真好！看着你们这样幸福的一家人在一起多好啊，得好好珍惜和感恩啊！"

　　我常常在想，幸福的真谛是什么，在一次次回家的经历中，我尝到了它甘甜的滋味，幸福就是阖家团聚的欢声笑语，幸福就是夫妻执子之手、与子偕老的深情，幸福就是儿孙绕膝、互敬互爱的天伦之乐。

　　爱，让心与心的距离变得很近很近，只要常怀一颗知足感恩的心，懂得惜福，珍惜眼前的一切，幸福就在身边。回家——是幸福最近的路，不管多忙，都要让爱回家，用爱铺就一条回家的路，因为父母的笑容是世界上最美的风景！

生命中有你

建材生产中心　张丽梅

　　十四年前的冬天，你我牵手步入了婚姻的殿堂。从此，我的生命中有了你，你成为了我的丈夫，我成为了你的妻子。从那时起，我们心心相印，相濡以沫，共同编织着幸福的人生梦想。

　　有人说，夫妻是前世定下的情缘。我不知道这是真是假，但我相信，你我肯定前世缘分不浅，肯定一起修行几千年，要不然我们不会初见就那么相熟，性格又那么相似，行动又那么默契，彼此会留存下那么多的回忆，甚至一见钟情！

　　初见你，刚上班的第三个月。我去电厂朋友宿舍玩，那时的你身体有点瘦弱，穿着一身灰白西装，有点老气不是很精神，但眼神很坚定，自我介绍是电厂的，说话语速较慢但吐字清楚思路很明晰。我没有初见陌生人的胆怯和腼腆，情愿和你说话。后来，听说你是燃运车间的，同时又是车间干部。之后有事没事的愿意和你谈生活、谈工作、谈兴趣爱好。

　　后来的半年时间里，你差不多隔两天就来看我。我一次又一次被感动。结婚后，你说为了给我买礼物，把烟戒了半年。听此话时，我心疼地说不出话来，一切语言都显得那么苍白。

　　结婚了，没有华美婚纱，没有高雅礼堂，只是简单地办了一场婚礼，平常的不能再平常，简单的不能再简单。虽然父母因为太过于寒酸偷偷抹眼泪，但我们还是傻傻地笑，满心的欢喜，将幸福表露无遗。因为我们相信，只要相爱，一切都会好的，面包总会有的。

感谢你，我的老公，感谢你对我的默默支持、用心鼓励。无数次在心里问自己，我们在一起，虽然没有大富大贵，可心是暖暖的！一生何求？一生无求，也是一生追求！那些生活中的琐碎矛盾，后来只是加深了我们之间的相互理解，也固化了我们彼此深爱的根基。

我们彼此一个眼神、一个投足、一个微笑，对方就会明白一切。流走的是无情的岁月，留下的是宝贵的真情。你细碎的唠叨里充满关怀，你不停的劳作里写满在乎。老公，敲着这些文字时，我已是泪眼婆娑，柔情似水的泪花已打湿键盘，这是幸福的泪，这是爱你的泪，这是一个女人真情表露的泪。已奔四十的我愿与你走过以后的每一个春夏秋冬，直到白发苍苍，直到地老天荒！希望老公能一直用这颗宽容的心去包容我，我也努力用行动去践行一个妻子相夫教子、守护家庭的责任和义务。

亲爱的老公，这么多年我依然能够单纯如初，这都是因为有你。有你温暖的怀抱和坚实的臂膀，为我挡住世俗的纷纷扰扰，让我的生活充满阳光和快乐，让我成了一个幸福的女人、一个自信的女人、一个对生活充满向往的女人。

《做最好的自己》读后感

天祝煤业公司 韩丽梅

《做最好的自己》是李开复先生结合自己的人生经历和事业成功的经验所撰写出来的，李开复先生在书中不仅提出了"成功同心圆"的理论，而且运用了发生在他身边的大量故事来阐释成功的秘诀，值得我们深思和借鉴。

作为一名从事煤矿工作的女工，经常会被工作中这样那样的问题和困难搞得很疲惫，尤其是在前两年煤炭市场疲软、煤炭企业经营困难的情况下，对企业生存前途担忧，对自身存在价值感到迷茫，总是控制不住自己的情绪，总是会被自己各种不如意的表现所影响，面对家庭、工作、生活，避免不了会抱怨这、抱怨那，甚至开始怀疑自己到底适不适合为人母、为人妻，到底适不适合从事煤矿工作，少了刚参加工作时的热情，也少了对生活、对家庭的美好憧憬，这种心情对我的生活和工作产生了严重的影响。

《做最好的自己》是一本励志书，读完后觉得神清气爽，回味悠长，感慨颇深。作者用平实的语言为我们打开了一扇了解自己、重新审视自己的心门。如何才能做最好的自己？他告诉我们：做人不是简单的树立理想就可以轻松实现，没有理想的人一定无所适从；做人一定要有广阔的胸怀，真正做到严于律己，宽以待人，要有容天下之大量的非凡气度；要有勇气，要敢于追逐自己梦想……努力做事，诚恳待人，高调做事，低调做人，与人为善，成人之美，助人为乐，让自己的胸怀更加宽广，快乐的工作，开心的生活，宽以待人，严以律己，常怀一颗感恩的心，真诚的心，善待身边每一个人，奉献社会，奉献企业。

最是书香能致远

金能公司 李莉

一九五八年，在甘肃连海地区的这片大地上，窑街煤电集团有限公司在这里破土而出，一座座矿山矗立起来。长期以来，窑街煤电在顺应历史改革发展的道路上不断前行，坚持以科学发展观统领全局，以"优秀文化育矿、人才队伍兴矿、科技创新强矿、依法依德治矿"为根本发展战略方针，让窑街煤电在一次次改革浪潮中，始终展现不颓之势。我想，这与我们每位职工的奉献是息息相关的，而窑街煤电女工，更是这矿山中的一道最亮丽的风景线。

新时代女性的自强、上进、独立等特点，在窑街煤电女工身上得到了完美的印证。记得我刚进入金能公司工作时，还无法从曾经的办公室白领角色里跳出来，面对周围煤块堆积成山的环境，除了抱怨，就是无奈。一次偶然的机会，去矿上办事，春日暖暖的阳光洒在花园的凉亭里，一位女工在阳光下认真的看书，可与这唯美的氛围格格不入的是她那被黑煤染得已经看不清原来颜色的衣服，在阳光的照耀下显得更亮更刺眼，她翻书的手，指甲里塞满了黑煤灰，每个手指都有龟裂的口子。我实在无法压抑自己内心的好奇，便走上前去询问她为何会这副形象在看书。她笑笑说："平时在家带孩子，照顾老人，太忙了。在单位下班的这些时间，可以做想做的事，我最喜欢的就是看书。

不仅是其他杂志，还会多研究工作方面的书刊，方便能在工作中有更好的发挥。而且咱们工会还给咱们建立了读书室，大力倡导我们多读书，读好书呢。你说这么好的资源，不利用了多可惜啊。"这位来自选煤一线的女工的话，深深震撼了我。我把这种叫作"女工精神"，而窑街煤电能从几十年的风雨一路走到今天，我想也是离不开这种女工精神。

翻过历史的篇章，如今的窑街煤电，又站在一个新的十字路口。近几年，由于市场变化，导致全国煤炭行业经济效益大幅度下滑，不少企业在这场"海啸"中被狂风卷走，消失无踪。而我们窑街煤电，经历风雨之后依旧坚挺在这里，在跌跌撞撞中坚定寻找转型之路。面对集团改革的深入推进、理念的快速更新，我们女工表现出了不一般的意志力和拼搏精神，虽然大多数女工都是在普通平凡的岗位上工作，但大家凝聚在一起，努力学习业务知识，不断提高自身综合素质，创造出了不平凡的业绩。有的在工作之余，通过自己的努力来提高自己的学历和职称，有的在工作实践中注重应用理论知识，刻苦钻研工作疑点难点，有效提升自己的业务技术水平，还有的结合本单位本岗位发展需要，取得相关资格证书。所有这些成绩的取得，离不开咱们广大女工对岗位的热爱，对窑街煤电的忠诚。

现在，随着窑街煤电的发展，我们所有女工要立足"学习新知识，做时代新女性"，在单位做到爱岗敬业，在家庭做到敬老孝亲，在社会做到独立自主。作为女工一份子，我骄傲家庭因我们而幸福、企业因我们而繁荣、社会因我们更多姿多彩。

有梦别怕疼 想赢不能停

劣质煤热电厂 马婧

梦想，是每个人心中一盏不灭的灯，自从我们来到这个世界，它就一直照亮着我们前行的路。梦想，给予我们的是勇气，是力量，是每一次跌倒以后继续前行的动力。

还记得毕业那年，我的导师问我，毕业后，你有什么打算？当时的我，虽然单纯、任性而又有一些孩子气，但是我还是不假思索地说："我要回家乡，用我的双手去建设家乡，回报家乡！"至今，还记得说出这句话时，自己脸上的那份踌躇满志。

毕业后，我回来了，带着我的热情，带着我的梦想，带着我的选择，来到了我深爱着的家乡。那天，走在去电厂报到的路上，我默默地告诉自己，我要为自己的选择，为自己的理想开始奋斗了。

但现实往往与理想有着天壤之别，当我怀揣着一腔的热情，准备大干一场的时候，才知道，生活并不是像我想象的那般轻松与风平浪静，在你踏上工作岗位的那一天起，崎岖与坎坷便与你一路同行。刚刚参加工作，我们的企业就遇上了煤炭行业的寒冬，煤炭价格下滑，企业遇到了前所未有的困难。但是，我既然穿上了这套印有窑街热电厂的蓝色厂服，既然选择了回来，既然选择了这条路，就应该继续坚持走下去。我不会因为企业陷于困境而退缩，我会坚守在自己的工作岗位上，尽自己最大的一份责任与力量给电厂和企业以支撑。

我们没有因为企业面临的困境而选择退缩离开。一个人的力量究竟有多大？孤掌难鸣之时，一个人的力量就是杯水车薪；可一旦众志成城之际，每个人的力量都是燎原之火。这世上总有这样一群人，他们不畏艰险、不惧牺牲，他们披荆斩棘、开疆辟土，为了信仰，为了梦想，迎难而上。

有很多人曾问我，你有没有吃过什么苦，细细想来，苦谁没有吃过呢？我一次次地问自己，什么是苦？我身边的有些同学一个人在大城市漂泊，孤单无助，算不算苦？有些人背负着各种压力，不分昼夜的工作，算不算苦？我想，这些都是苦，我也同样经历着为企业能脱困减亏而默默奉献的苦。可是，在我看来，很多时候艰苦的人生，更有魅力，正如现在我们的企业效益已经开始好转。有时候，我告诉自己，要有勇气走一段非常"帅"，但是非常孤单的逆行路，我会一直相信，热爱梦想的力量；我会一直相信，同事们为企业凝心聚力的力量；我会一直相信，每一个职工与电厂陪伴的责任与担当的力量是无与伦比的！

我张开双臂，去追求梦想。有梦就别怕疼，想赢就不能停，人生最遗憾的事，往往不是身处困境，不是失败，而是我本可以却不够努力。所以，让我们怀揣梦想、努力奋斗。下一站，人生精彩处见！

珍惜 感恩

建材生产管理中心 滕建兰

2014 年 8 月，我怀揣着梦想到水泥公司参加工作，光荣地成为窑街煤电集团这个大家庭中的一员，记得那个时候的我身上还带着些许学生时代的稚气。2015 年 6 月，集团公司板块整合，成立了建材中心，我很荣幸地成为建材中心的一份子。

光阴似箭，一转眼，两年多的时间很快过去。2015 年，由于全国煤炭行业经济形势低迷，集团公司生产经营受到严重打击，建材行业的生存发展同样也面临着巨大挑战。周围的同事都心生抱怨，抱怨工资太低，抱怨工资拖欠，然而我们在抱怨的同时却忘记了珍惜。我们可曾静下心来想想，有时候我们只知道享受好的工作环境和高薪待遇，却抱着消极的态度对待自己的工作，在工作岗位上，总觉得自己大材小用，总认为自己应该干更重要的事情，有更大的作为，却不愿意正视自己的能力，不愿脚踏实地地做好自己的本职工作。平日的工作中，我们忽视得太多，总觉得这个工作不是自己该干的，那个工作不是自己该干的，殊不知，无论是什么工作，只要你用心去做了，受益者永远是你。但是，太多的时候总觉得自己干的多了好像就吃亏，宁可无所事事地发呆，也不愿意去做那个所谓的"不是自己的工作"。

珍惜自己的岗位，珍惜现在的工作，努力将自己的工作做到最好，停止任何形式的抱怨和借口。因为抱怨解决不了任何问题，只能徒增烦恼，甚至会让我们丢失责任感和使命感。心在哪里，收获就在哪里，当你以一颗积极向上的心态去做好自己的本职工作，我坚信工作也会带给我们别样的惊喜。

我们要感恩企业给了我们工作，给了我们生活的平台，给了我们孝敬父母、赡养妻儿老少的经济基础；我们要感恩领导的精心培养和悉心教导，领导信任地将我们每个人放在不同的岗位，体现出领导对我们的厚爱与期望，我们有何理由不脚踏实地的工作？我们要感恩身边的每一位工友，当你遇到困难或不幸时，工友的一句安慰话、一个微笑都将使我们重燃生活的希望，重拾工作的激情；我们要感恩我们至亲至爱的家人，家人的无私付出，使得我们无后顾之忧，全身心的投入到自己的工作中。

常言道"滴水之恩当涌泉相报"，珍惜目前的工作，感恩企业给予我们的恩泽，全力以赴做好自己的本职工作，回报企业，回报社会。

读书与幸福

金能公司 刘坊焱

说到读书，我们一定觉得再平常不过了，因为我们几乎无时无刻都在跟书接触。高尔基曾经说过"书是人类进步的阶梯"。

我确信爱上读书是一件幸运又幸福的事，读书让我每一天都过的很充实。少年时代的我喜欢读书，一放学就找个安静的房间，先是把家里哥哥的书一本一本地读完，甚至有的书读了一遍又一遍，还不过瘾，就四处借阅同学们的小人书、作文书、故事会之类的课外读物，在无数个惬意的午后或者傍晚，那些纸张上的文字构成了另一个新奇的世界，让我拓宽了眼界，感到无比快乐。

中学和高中时代的我依旧喜欢读书，可是时间却少的可怜，因为功课的繁忙，只能在饭前饭后，别人休息的时候挤出点点滴滴的时间读书。也是在那时，我开始喜欢阅读世界名著《呼啸山庄》《傲慢与偏见》《茶花女》《简爱》，中国的四大名著《三国演义》《红楼梦》《西游记》《水浒传》，还有《平凡的世界》《穆斯林的葬礼》等，都是在那个时候读到的。在书中，在文字的世界里，我体会并认知社会与人的真、善、美、丑，一点点成长，其中的幸福只有自己知道。

追求幸福是人类社会的永恒主题。那么，什么才是幸福呢？

现在社会多数人似乎都认同这样的表述：幸福是人们对生活满意程度的一种主观感受。或许，读书并不算什么大幸福，充其量只是一种小幸福而已。然而，这已经足够。在这个世界上，大起大落的人生毕竟不常见，对于大多数人来说生命里更多的是安静和平淡，贯穿一生，小幸福常常被有意无意地忽略，想拥有幸福，就从读书开始吧。

读书的好处

三矿 安文梅

"书"给我们带来了遐想和乐趣，给我们带来了智慧的源泉和精神的力量。读书能增长知识，开阔眼界；读书能明白事理，增强能力；读书能陶冶性情，德润人心。沿着书籍构成的阶梯，学做人，学做事，攀上一个又一个高峰，争取不断超越自我，走向卓越。

"开卷有益，读书好处多"，这是自古以来人们的共识。一个人要想在知识的山峰上登高望远，就要拥有渊博的知识。知识是人类通向进步文明和发展的重要途径，书是前人劳动与智慧的结晶，它是我们获取知识的源泉，我们要让自己变得聪明起来，必须多读书，读好书。读书不仅可以使我们开阔视野，增长知识，培养良好的自学能力和阅读能力，还可以进一步巩固课内学到的各种知识，提高我们的认读水平和作文能力。

"一本好书，可以影响人的一生"，这句话是有道理的。我们都有自己心中的英雄或学习的榜样，如军人、科学家、老师、英雄人物等，这些令我们崇拜、学习和模仿的楷模，就是我们通过阅读各类书籍所了解和认识的。我们在进行阅读时，会下意识地将自己的思想和行为与书中所描述的人物形象进行比较，无形中就提高了自身的思想意识和道德素质。苏联著名教育家苏霍姆林斯基说得好："如果学生的智力生活仅局限于教科书，如果他做完了功课就觉得任务已经完成，那么他是不可能有自己特别爱好的。"每一个人要在书籍的世界里，有自己的生活，把读书视为一种乐趣。有的朋友可能会说："工作那么忙，哪有时间看书？"其实只要你肯挤时间来读书，就不愁没有时间。就像大文学家鲁迅先生说的："时间就像海绵里的水，只要你愿意挤，总是有的。"他自己就是把大家喝咖啡、谈天的时间，用在了学习上。最终鲁迅写出了许多好文章，取得了举世瞩目的伟大成就。我们可以用午休、晚上、节假日等点滴时间来读书，每天一小时，积少成多，积沙成塔。

同沐四季风，共享读书乐。各位朋友们，让我们与书交朋友吧！让读书之花，盛开在矿区。

我眼中的幸福

兴元铁合金公司 张克珍

我眼中的幸福很简单，就是踏踏实实做好每一件事情，开开心心地过好每一天，做一个秀外慧中的知识女性。在过去工作的时间里，我收获很多、明白许多。对待工作，只要尽职尽责、尽自己最大的努力去完成每项工作，即使过程再艰难，只要努力之后，流过的汗水与得到的收获及回报是成正比的。努力工作，快乐生活，这就是一种幸福。

我眼中的幸福很简单，就是在闲暇时光用心去细细品一本好书。在这个日新月异的时代，抱着手机躺一天的人很多，但坐在桌旁静心品一本书的人却很少。读书能使人优雅，然而读书，对于许多中国人来说，更像一种奢侈的兴趣。"没时间读书"，成了许多人最习惯的借口，尤其在当今社会的一些年轻人整天不思进取。其实你最缺的，不是读书的闲暇时间，不是读书的氛围，而是读书的自觉。某位心理学家说过，读书就是对女性的深度美容，读书不仅可以愉悦身心、陶冶情操，更可以让女性通达、宽容、博学、独立、多思和智慧。那么请让我们在闲暇的时间，抱着书本度过无数个幸福时光，可好？

我眼中的幸福很简单，就是在假期，作为女儿的我，终于可以有时间，用心去为父母煲一碗汤。对父母而言，他们不要求我回报什么，假期我能做的就是尽量去分担一些家务、陪他们聊聊天，亲自为他们煲一次营养汤，或者为父母安排一次旅行，分享一些养生小知识，让他们也能感受到女儿带给他们的温暖和幸福感。

我的幸福很简单，就是与最好的朋友共进一次欢愉的晚餐。其实作为女人在职场打拼，压力真的很大，当我感到烦闷、压抑时，还有朋友可以去依靠。朋友是我心灵的避风港，在她们那里我可以无拘无束、开怀畅谈，聊聊工作、说说家庭，分享彼此身边的一些趣事，谈笑间所有的烦恼都可以烟消云散，有好朋友陪伴的晚餐，也是一种幸福。

女人，不要因为没有知识、不愿读书而变得俗不可耐，读书会不断地提高自己的文化素养和思想道德素质，多欣赏高雅的东西，多一份生命的感悟，多一份爱心和责任感，自爱而有尊严，用乐观自信的心态来看待世界和世界里大大小小的事情。好书不常有，好文更是难得，每一个认真生活的女人，懂得精致打扮自己，更要懂得提升思想思维的高度。

读书，是一种幸福，可以引领一个女人走向更大的智慧，把读书作为生活的常态，让读书成为你生命里最美好的习惯！

母亲的手镯

三矿 李艳凌

母亲曾经有一只银手镯，那是她的心爱之物。

母亲很在乎这只银手镯，一是因为它是母亲结婚时姥姥送给母亲的结婚礼物，是姥姥留给母亲的物件；二是因为它是母亲婚姻的见证。虽然这只手镯不怎么值钱，但我从小就知道母亲对这只手镯的那份珍惜和爱护，她总是非常小心、谨慎地清洁、保养和佩戴，除过年及其他重大的活动以外，很少见母亲戴这只手镯。后来，我长大了，总是喜欢翻翻妈妈的东西。有一次，我看到了这只手镯，没有经过妈妈的同意，就好奇地戴到手腕上，出去给伙伴们炫耀，不知是玩的太疯，还是怎么的，什么时候丢了手镯都不知道，当我发现时，害怕极了。但是我不敢告诉妈妈，悄悄地瞒下了这件事。后来，妈妈还是知道了，她非常生气，还打了我一顿。我当时还挺不服气，心想：不就是一只银手镯，至于吗？

从此以后，母亲再也没有提起过这只手镯，我隐约地感觉到母亲的失落，但是我从来没有用心去体会过那份失落。直到姥姥去世后，妈妈对着装手镯的盒子失声痛哭到："我没有妈了，我再也没有妈了。"泪水一滴滴地滑落，每一滴都凝结着千斤的思念，每一滴都压在我的心里。我难过极了，真的是特别特别后悔，我把姥姥留给妈妈的"念想"永远的弄丢了。

　　在母亲节那天，有些遗憾、伤感总是会触动内心深处，会牵动记忆的神经。于是，我给妈妈买了一对银手镯，在后来的其他节日里，我又给妈妈买了金戒指、金耳环，我知道这些都不能弥补她心中的缺憾，但是在我有能力时，还有机会补偿母亲，我感到了一丝欣慰。如果永远失去了补偿母亲的机会，我会终生遗憾。

幸福女人心

金河煤矿 胡娟娟

在煤矿上工作的大部分女工，虽然穿的是工装，却依然是美丽而自信的。工作之外，回到家里，我开始转换自己的角色，我是一个妻子、一个母亲、一个儿媳、一个女儿。都说男人在外面打拼事业比女人更辛苦，承受的压力更大，而女性在家庭中身兼母亲和妻子的双重角色，对家庭幸福而言起着更重要的作用啊！

女人是丈夫永远的驿站，是孩子最美的依靠。作为矿工的妻子，我要做的就是理解他、尊重他、照顾他。我知道我的丈夫是伟大的，而作为他的妻子，必须要用更伟大的爱去包容他！记得，在我怀孕8个多月的时候，爱人刚调到综采队，有一次他上早班，早上4点多出的门，可是到下午6点多还没回来，其实过了下午两三点，我就开始着急起来，然后在阳台上不停地向楼下张望，那种焦急的等待，可能很多矿工妻子都经历过，等到下午四五点的时候，我打电话到他们队上询问，当时值班人员告诉我说他们在井下处理故障，都没有下班。虽然心里稍稍安稳了一些，但还是很焦急，直到快七点的时候，看见他拖着疲惫的身体，出现在楼下时，悬着的心才放下。看到他进门的那一瞬间，我居然哭了。那个场景即便时隔十多年，我还是记忆犹新。正因为有了那次刻骨铭心的等待，让我更加理解了矿工的不容易，所以，我努力做好妻子、母亲、儿媳、女儿的角色，努力营造一个温馨、快乐、幸福的家庭氛围。我会为爱人事业上的成功而高兴不已，我会为孩子一个小小的进步而感到无比欣慰，而父母电话那头不时的牵挂和唠叨会让我幸福的眼泪夺眶而出，婆婆对我们的无私付出让我感到知足、快乐和幸福。

让我们都拥有一个健康阳光的心态，快乐学习，努力工作，一起去做幸福的女人吧！

忆母亲

三矿 罗丽萍

　　每年的母亲节去婆婆家，一家人围坐在一起，祝福她老人家母亲节快乐，看到婆婆开心的笑容、慈祥的面孔，不由地想起我的母亲，思绪万千……

　　从小的记忆里，母亲便是一位贤妻良母。她的脾气相当得好，父亲脾气暴躁，但是不管父亲怎么说她，她始终不言语，只是低着头，最终让父亲无话可说。我曾问过母亲，怎么会和父亲在一起，母亲羞涩地回答："你父亲年轻、帅气，又是工人，能出农村，这也许就是我们上辈人的婚姻观念吧。"

　　母亲的贤惠是出了名的。从我有记忆起，母亲很少出门，天天操持家务，从一个湖南人转变成一个地道的甘肃人，从只会蒸米饭到揪面片、拉条子、包饺子、烙馍馍，无所不能。最厉害的要数做衣服了，母亲从最初的帮人洗衣服、洗被单到补衣服、缝被子，直至做衣服，都是自己摸索着无师自通的。

　　我家院里有一块地，有母亲亲手栽下的苹果树、沙枣树，在母亲的精心照料下，每年都会结出丰硕的果实，供我们解馋，剩余的地母亲会种下各种蔬菜：西红柿、南瓜、辣子、菠菜，自家吃都吃不完，就送给邻居，他们直夸我母亲能干。那时我因为母亲的一句"种瓜得瓜、种豆得豆"，突发奇想，把一个馒头也悄悄种进地里，之后还问母亲，为什么你的菜长这么大了，我种的馒头还不发芽啊？母亲指着我笑了半天，说不出话来，惹得哥哥、姐姐笑话了我好几天，其实现在想起来我还笑呢，真幼稚啊……

母亲，我最亲爱的人，愿您在天堂安宁幸福！如果真的有来世，我还做您的孩子。

我的矿山情结

金河煤矿 韩沙沙

　　小学毕业那年，我十三岁，告别每天在父母面前撒欢嬉戏的日子，懵懂的我被送去了外婆家，而后的记忆开始生根发芽。从那天开始，记忆里模糊又陌生的农村老家在四年的光阴里逐渐熟悉，但那段日子过得并不舒心，增添了几许远离父母才有的拘束感。

　　一个人在外婆家的生活，有些艰辛，于是我学会了坚强和独立，初中三年我一直选择住校，每个双休、麦假、暑假、寒假都是最忙碌的日子，我必须卖力帮外婆干农活，这样才可以张口向外婆要麦子去学校司务长那里换粮票，每月收到的几十元生活费，都要掂量着用，除了学会精打细算，我还学会了攒些私房钱，以备不时之需。比如学校每晚九点熄灯铃响之后，墨黑的夜色陪着我的小伙伴是蜡烛，微弱的烛光一次次照亮我心中的期待，我告诉自己，加油！不要放弃；又或者看书到十点后，为了犒劳那没有多少油水而饿得咕咕叫的胃，我会开心地给自己送一碗泡面，常常慰藉自己，会好的，一切都会好的。那个时候目标很简单，要努力考上重点高中再考上大学，我的人生就会改变了，只是没料到，人生的轨迹也是随时都会改变的……

　　十六岁那年，我渐渐靠近自己的目标，如愿考上县重点高中。

母亲的平安家书却变成了一封封催之又催的信函，让我内心充满不安，踌躇满怀读着信笺，母亲在信里提到父亲，是啊，我的父亲……自从矿上一起事故夺走他的生命后，我再也不愿提及，被事故夺走了幸福的疼痛，始终像一根刺一样深深扎在我的心底。可在母亲不断地催促和期盼中，那条我从未想要回归的矿山之路，就这样在父亲去世后的第二个年头真实地摆在眼前，拗不过执着的母亲，我竟没了选择人生的权利。带着无奈的成分，带着对父亲的思念，我告别学校放弃梦想，揣着与来时相反的心，踏上了我的矿山之路。当行色匆匆走下列车的刹那，两行清泪早已挂满脸颊，母亲接过我手中简单的行李，说了句："你可算是来了。"便疾步而去，我泪眼婆娑追其身后，说不清是怎样一种复杂的心绪。

在一间不足 15 平方米的矿单身楼安顿下来后，便是程序化的到矿报到、培训、学习、分配。没有欣喜，没有目标，有的只是对未来一切未知的惶恐，对心底再也不能振翅的梦想希翼而抱憾，陌生的环境、陌生的人、陌生的一切。我被分配到矿职工食堂当服务员，当时，方言成为我与同事间沟通的最大障碍，常常因为听不懂师傅和同事的话而手忙脚乱，倍受责备，为此黯然神伤，许多次躲在被窝里偷偷抹眼泪。记得有一次，一位老师傅对我说："没见过你这么笨手笨脚的，别以为你年龄小，在家里你是你父母的孩子，在单位可没人把你当孩子看。"这句话让一颗混沌的心颇为感触，其实师傅说得很对，不管是上学还是工作，你不努力，没有人替你努力。许是师傅一语惊醒梦中人，许是父亲用命换来的工作，许是不愿看到母亲担忧的眼神。从此，我开始努力改变自己，收拾一切破碎的心情，开始寻找新的目标。

时间，成为脚下最好的沉淀。当月薪从 81 元到 248 元到以后的更多，我懂得了，汗水与付出是必不可少的历练，它能够成就人生的美丽，还有来之不易的幸福；当师傅和同事从厉言责备到和颜悦色，我明白了人生美好生活的出发点会在不同的角度闪烁。将自己融入这个大家庭，当习惯成为一种自然，呈现的已然是和谐，将心灵融入同事间真诚的交往，当心态成为一种感恩，索取的亦然是真诚的收获。

在食堂工作的十年，兢兢业业、脚踏实地的我不再是稚嫩彷徨、踌躇不安的小姑娘，工作之余我重新捧起书本，到后来捧在手上的是一本大专毕业证。更让人欣喜的是，另一份幸福不期而遇，这次，我遇到的是爱情。在爱情面前，我不止是一位矿山女工，还是一名矿工妻子。也是那个时候，身上的文艺细胞在经常被矿工会抽调参加很多文体活动中激发开来。逐渐在编排舞蹈、小品、安全演讲、朗诵等一系列文化活动中崭露头角。努力就会结硕果，二十七岁那年我被调入矿工会，尽管只是一名小小的工人，但拥有一份自己喜欢的工作，何尝不是一种荣幸、一种快乐！

岁月更迭，四季交替。如今，我已是一名参加煤矿工作十七个年头的老矿工了，不知不觉中，我的身心也早已同煤矿结下了很深很深的情结。耳濡目染中懂得了矿工这份职业的艰辛，理解了矿工妻子、矿工儿女们追求平安的眷恋之心。矿工就是一盏无私奉献、果敢刚强的明灯，用炙热的能量将我们的家园点缀得五彩斑斓。

幸福的坚守

天祝煤业公司 刘春花

风迈着婀娜的舞姿轻轻拥抱着马牙雪山，唤醒了圣洁的玉峰，潺潺的雪水欢快地流淌，汇入山下的金沙河，滋润着这里的一切。我们美丽的天祝煤业公司就坐落在这风景如画的地方，正是在这美景中，有这样一群花儿般的女人，她们在平凡的岗位上编织着美丽的人生，散发着别样的芬芳，坚守着属于她们的那份幸福。

都说女人如花，有花一样的美丽，有花一样的智慧，更有花一样的胸怀。看这群花儿——天祝煤业公司职工食堂工作的女人，她们的装扮虽算不上时髦，但在单调工作服的衬托下，她们的身上却散发着丝丝的英气和飒爽。现在就让我们走进这个世界最美的"花园"去了解她们，聆听关于她们的"幸福坚守"……

"让职工吃上放心餐"是我们工作的本职，每天凌晨三点半，牛肉面、鸡蛋、豆浆、油条、小米粥……香味就已经充满了整个食堂，品种多，任你选，而且味道好，卫生干净，吃着放心，心里也舒心。为了使一线职工能够以健康的身体、充足的精力投入到一天的工作中去，食堂后勤服务"巾帼之花"立下了汗马功劳。她们知道，餐厅就是企业的窗口、企业的形象，刷碗筷、擦桌子、拖地板、端饭菜，样样都得干好。真情服务、微笑服务、周到服务，这样，一班下来不知要跑多少个来回。偌大个餐厅被收拾得窗明几净，一尘不染，让人身心愉悦。一群身穿红色工作服的食堂服务员构成了矿区另一道亮丽的风景，她们用优质温馨的服务得到了声声好评，用日日夜夜的辛勤付出换来了公司员工的默默尊敬。扎根在她们心里的理念是：井下职工上了一天班，又累又饿，自己是搞服务的，一言一行都要恰到好处，热饭热菜、营养搭配，绝不能影响井下职工的就餐情绪。"我们就是要在窑煤的世界里开拓出一片属于自己的新天地。食堂服务工作做好了，安全生产才会有保障。与井下矿工兄弟相比，我们的劳动强度小多了。"工作之外，她们还要教育儿女，照顾丈夫，赡养老人。女人如花，我们的女工们不仅有花样的风采，更有绿叶一样默默奉献的质朴情怀。

日复一日，年复一年。平凡的岗位，造就不平凡的业绩，她们用心谱写着幸福的坚守，用双手描绘着幸福的蓝图，用辛勤的汗水装点着企业的美丽……"不经历风雨怎能见彩虹，没有人能随随便便成功。"企业发展离不开她们的奉献精神，更需要各位职工共同的努力，职工团结和奋斗是企业的真正财富和宝贵源泉，因为有了那份幸福的坚守，虽然工作是辛劳的，可她们依然把工作中的累当作一种快乐来体验。平凡的生活，枯燥的岗位，正是因为有了她们的付出，才融入了些许色彩与生机；有她们的奉献，更增添了几多活力与朝气。在这些苦着累着的日子里，在天祝煤业公司这个大家庭中，有人选择幕后，默默奉献；有人走上前台，承担起发展的重担。而她们虽没有豪言壮语，没有丰功伟绩，但她们用行动，告诉了我们什么是主人翁精神，任劳任怨，不辞劳苦，不计得失，以实际行动证明了"是金子到哪里都会发光"的道理。对待顾客，她们总是报以热情洋溢的微笑，展示着企业的形象。作为职工，她们时刻心系企业，与企业同风雨、共命运，用不懈的努力为企业的发展做着自己的贡献。她们用实际行动告诉我们，幸福其实很简单，幸福就是坚守责任、坚守感恩、坚守希望……

爱的寄语

铁运公司　王娟

亲爱的女儿：

　　你好，爸爸妈妈永远都希望你健康快乐！看到这封信，你也许会感到意外，认为老妈是不是神经不正常了，现在通讯这么方便，天天能打电话、聊微信，还干嘛写信和你交流？但内心也一定会感到温馨和感动吧。

　　你正在度过学生生活的最后一年，以后就要离开爸爸妈妈，走向社会，开始另一种新的生活。外面的世界很精彩，外面的世界也很复杂。我们希望你首先要学会照顾自己，快速适应新的生活，融入社会这个大家庭中。大学教育带给你最大的收获就是学会自立、学会自我管理、培养自己"学习"的能力，学会"学习"非常重要，终身受用。有时间的话，多到图书馆读点其他的书，特别是哲学、历史、文学方面的。读书，要三分看七分品，要边读边思，把别人的认识、别人的思想变成自己的。学会从书的目录上思考出问题、在读的过程中得到解答和深化。孩子，你已经离开爸爸妈妈独立生活了，爸爸妈妈能给你的帮助和指导已经十分有限，而且你也已经是成年人了，许多事情也需要你独自去面对和处理，现在你需要规划你未来的人生道路、树立自己的理想信念、放飞自己的人生梦想。成功是自己刻意主动追求的结果，而不是偶然的巧遇，我们生活在世界上不是一个人在生活，而是与许多人在一起生活，包括无论你认识还是不认识的人，包括家人、亲人、同学、朋友、老师、街上遇见的人等等，甚至根本不认识、不曾谋面的人，就是由这么多人才组成了社会。所以，老妈想同你分享几点认识与经验，有的是我们的、有的是他人的：

一要学会包容、能吃小亏，不要过多的计较。要多考虑到别人的利益、别人的感受，凡事要站在别人的角度去思考一下，这样一来，任何矛盾都容易避免和解决，但也不能失去和降低自己的原则和底线。不可以个性张扬，不可以我行我素，要学会与别人相处的艺术、技巧、方法，人是世界上最复杂、最难以对待的，要不断学习与各种各样的人打交道、相处好，无论你从事什么工作，必须要善于与人相处，这是成功的必备要素，做不到这一点就会一事无成；二要学会感恩、学会帮助他人，会说"谢谢"。在自己力所能及的条件下尽量帮助他人。其实，帮助他人也是提升自己的一个过程，记住和感恩传授给自己知识和人生道理的良师益友、记住和感恩给自己帮助的人，忘记自己给予他人的帮助。这样，你就容易获得快乐与幸福；三要学会管理自己的时间，做事情先干什么后干什么，要有一个安排。不论是起床，还是写作业，哪怕是玩，心里都要有一个计划，必须独立处理自己生活和学习中的各种事务，尽量不依赖别人，每个人需要做应该做的事情，而不是做个人喜欢做的事情。凡事不要冒风险，尽可能地回避风险，让潜在损失最小化。一切东西要想得到它很难，失去它却极为容易，要知道，世界上没有不可能的事情，任何你意想不到的事情都有可能发生；四要大胆思考，大胆表达自己的观点，不拘一格。每个问题都没有一个固定的答案，从不同的角度看问题就会有不同的答案，对待学术问题要把眼光放得再长远一些，不要考虑别人怎么想，要具有不唯书不唯上只唯实的精神。这种精神你小学的时候就很突出，我们很称赞；五要多交一些朋友，快乐地生活。大学是读书之所，也是交友之地。人的一生一定要有几个好朋友，幸福人生不是取决于金钱财富，而是取决于良师益友。朋友是广泛的社会关系中的一种。快乐有人分享，你会更快乐，悲伤有人分担，你不会太悲伤。各地都有人值得你牵挂，到处都有牵挂你的人，你会觉得世界充满阳光，心里如沐春风。世界上没有无缘无故的爱，也没有无缘无故的恨，希望别人对自己好一点，自己首先就要对别人好一点，比如你的舍友，大家远道而来是前世定下的相遇，遇事能让则让，有难可帮就帮，与人玫瑰，手有余香。

在你大学毕业前最紧张的时候，妈妈跟你说这么多话，也许你觉得唠叨，也许你认为啰嗦，但那是因为妈妈深深地爱着你，希望你的人生一帆风顺，希望你是一棵参天大树，能健康快乐地生长，轻松洒脱地在风雨中挺直腰地站立着，希望你一定把它记在心里，会对你今后的生活有益的。

好了，唠唠叨叨说了这么多，最后祝愿我们的宝贝：快乐健康到永远！

母亲王娟

2018 年 6 月 5 日

一封家书

海石湾煤矿　陈春霞

亲爱的老公：

　　最近工作顺利吗？时间过得飞快，你在井下工作已经整整十个年头了，这期间你始终任劳任怨，干活实在。想到你每天全身心地投入工作，看到你每天忙碌而又快乐的身影，我的心里既欣慰又心疼，老公，你辛苦了！

　　结婚八年了，我们有一个令人羡慕的家，有一个可爱的女儿。我和女儿都以你为荣，以你为自豪。你像一棵参天大树，为我和女儿擎起一方晴空，我和女儿都很幸福。老公，谢谢你！

　　作为你的妻子，我常常在想，在人海如潮滚滚红尘中我最需要什么？是金钱？是名利？如果让我回答，我认为，我最需要的是你的平安和健康。

　　作为一名矿工的女儿、矿工的妻子，我又怎会不知道煤矿属于高危行业。每天你上班时，我总会叮嘱一句"一定要注意安全"。每天总会在你升井的时间打一个电话，知道你平安升井才能安心。老公，你还记得吗？那是几年前的一天，你上中班，我在家里等着等着睡着了，醒来都快凌晨两点了，一看你还没有回家，我再也无法入眠，打你手机打不通，我担心极了，向你队上值班室打电话，又怕打扰值班人员，在焦急中等了一个多小时，心急如焚的我还是把电话打给你队上，得知你因工作需要在井下连班，我的心才算踏实一些。那天你在井下连续工作近二十个小时，我在家里如热锅上的蚂蚁，心里担心极了。这些年，你兢兢业业、任劳任怨，不管白天、黑夜、上班、休息，只要井下需要，总是随叫随到。每次看到你拖着疲惫的身体回家，看到如此劳累的你，我的心里疼啊。我能做的就是把家里的事料理好，让你有充沛的精力投入工作，上班无后顾之忧。

记得有一次，矿上播放事故警示片，当看到井下掘进工作面发生冒顶事故造成人员伤亡时，我忍不住哭了。老公，你知道吗？因为你天天都在掘进工作面工作啊！当看到一个个因事故导致的破碎家庭，我感同身受。在我同你讲这件事时，你说你在工作中也会遇到一些危险情况，可只要想到家中期盼你平安回家的我和女儿，你就会不断提醒自己一定要注意安全。听到你这样说，我不禁泪如雨下。我亲爱的老公，我不能没有你，这个家不能没有你。你知道吗？你是我们整个家庭的轴心，你的平安是全家的幸福之源，你的身上承载着我和女儿所有的快乐。俗话说："安全是根绳，牵着千万人；安全是根线，连着亲人念。"我不求你大富大贵，我只求你平平安安。我只想一家人快乐的在一起。只要你平平安安，我就是天底下最幸福的女人了！

不知不觉中，夜已经深了，此刻的你或许正在井下挥汗如雨，辛苦工作。我只能在心中默默地说："老公你辛苦了，愿上天佑你永远平安！"老公，愿你我牵手为女儿共筑安全港湾，愿安全与所有人同行，愿天下的矿工们都能平平安安，愿我们矿山

的安全周期无期限延长没有终点，我们每个家庭永远是春天，
幸福安全千万家！

爱你的妻陈春霞

2018年5月15日

读书的味道

三矿 豆红

谈到读书，我一下子想到了央视主持人董卿，"中国诗词大会"让董卿着实又火了一把，我们不仅看到了董卿深厚的古诗词底蕴，而且从她身上感悟到了"腹有诗书气自华"的内涵，不由得，想起读书的味道。

想到这些，我的思绪顿时回到了中学时代。那时，我的一位老师，曾借阅很多书给我。时过境迁，现在回想起来，印象最深刻的有两本，一本是霍达的《穆斯林的葬礼》，另一本是钱锺书先生的《围城》，而我最喜欢《穆斯林的葬礼》。那时，不知多少个夜晚，伏在灯下，为主人公的遭际，时而哭，时而笑。熄了灯，为了那个爱情故事，放心不下主人公的未来，而辗转反侧，牵肠挂肚。对书中的许多章节，或因其感人，或因其唯美，而反复阅读，并做了摘抄。在这本书中，我认识了一种从未见过的神奇植物，只需一瓢清水，它便可以蓬勃生长的巴西木；在这本书中，我喜欢上了新月的那双方口扣攀儿鞋，自认为母亲做的那双花格面、千层底的布鞋和新月的鞋是一个款式，而天天穿着它，沾沾自喜。

看看儿子，他正在灯下有板有眼地朗诵《少年中国说》。儿子小时候，我给他买了许多童话书，他总是坐在我的膝头，听故事。那时，他总是不睡觉，缠着我给他讲一个又一个故事，跟我谈条件"再讲一个就睡",直至深夜。读到一个开心的故事,他总是笑得前仰后合、满床打滚、肚子痛,他笑,我开心;讲到一个伤心的故事,儿子总是悄悄流泪。他愿意把自己的饼干都给卖火柴的小女孩;他愿意把自己的文具送给那些渴望得到一支铅笔的贫困山区的孩子;他愿意把自己所有的零花钱捐给需要帮助的人。他的心灵受到书中正义、善良故事氛围的熏陶,他已经感受到书有一种令人震撼的味道。

书籍,滋润着我们一代又一代人的心田,它似沙漠里的一汪清泉;书籍,指引着我们怎样做一个人,一个真正的人,它似浩瀚大海里指明方向的灯塔;书籍,它带我们看到广阔的世界,"看"到银河里的星星,"看"到中华瑰丽的五千年,"看"到风土人情和世间万象。书籍,是人类进步的阶梯;读本书,读本好书,慢慢去体味,去感悟它的味道……

读书描绘幸福的模样

三矿 贾孝玲

　　幸福，对于我们每个人来说，其实很简单，对每一个女人来说更简单：晨起的一碗热粥，工作中一个肯定的眼神，节假日一家人的其乐融融。幸福是看得见、摸得着的。生活中很多追赶别人脚步的目标都遥不可及，那样的一切毫无意义，除非我们付诸行动，从读书开始，便是幸福温暖的模样。

　　我感恩，成长给了我一个幸福的自己。相信大家听过这样一句话："书中自有黄金屋，书中自有颜如玉。"可见，从古至今，我们对于读书重要性的认识都是非常深刻的，我很感恩成长的路上有书籍陪伴着我，带给我温暖的力量，带给我幸福的经历。书已陪伴我走过了三十个春秋。书籍带给我的不只是只字片语，不只是文字的堆积，更是不同层面的道理，是一本本书让我更好地读懂了生活。现在我要把这份幸福传递下去，每当轮休回去的时候，我就教女儿一遍一遍的认字，认字图上有一个"书"字，几本书优雅的展开页面，里面写着各种各样的童话，两岁的女儿，当然不知道书是什么，但她认识的太阳公公和月亮婆婆都在这，勾起了她的兴趣，"妈妈，这是什么？""这是书！"书中有好多好多故事，这些故事描绘着五彩斑斓的幸福模样。

　　我感恩，工作给了我一个幸福的状态。工作以来，让我深切地感受到我们是一个团结互助的大家庭，充满了温暖与包容。

领导谆谆善诱的教导让我学会了很多，同事们无微不至的帮助让我成长了很多。当我拥有这一切的时候，我觉得我是无比的幸福。知足感恩，才能拥抱幸福。

读书不仅让我们开阔视野、增长知识、培养良好的自学能力，更教会我用自然的眼睛去捕捉每一处生活之景！读万卷书犹如行万里路，读的书多了，走的路也就顺了。我读书，我幸福，书本可以让我勇敢的走过山岭，跨过鸿沟，大步走向幸福的彼岸，在自己人生的书页上记下幸福的诗词，记下美的模样，笑的音符，我们也将会把书香内化于心，外化于行，以饱满的热情与高度的责任感开启公司发展的幸福新篇章！

立足当下 展望幸福

兴元铁合金公司 窦海珊

　　幸福的生活是所有人共同的追求。洁净的空气,灿烂的阳光,湛蓝的天空,轻柔的白云……这些美好的自然事物是我们大家共同拥有的。

　　作为兴元公司的女职工,我们是幸运的,也是幸福的。在工作上,我们和男同胞们并肩耕耘,播洒着汗水,跟他们在同一个平台上施展自己的才华,我们也得到了和男同胞们一样多的关爱和支持,极大地丰富了我们的工作和生活,这一切都源于公司领导的关怀和美好的企业文化。我们当下所拥有的,均被我清晰地感受着,当我沐浴在阳光、清风中时,我确信自己是幸福的,因为此刻的我正活在当下,我们从公司得到的关爱足以让我们感到幸福。同时,我们的幸福也会影响到我们身边的人,包括我们的亲人和朋友,在一个充满关爱、充满正能量的世界里又有谁会不幸福呢?

　　工作如此,生活亦是如此。无论当下的我们还与父母生活在一起,抑或是已经有了自己的新家庭,我们都要把自己的正能量传播给每一个爱着我们,并且被我们爱着的家人。一杯暖心的清茶,一句关爱的祝福,都是我们可以给予家人的最简单也是最直接的爱,这些爱里包含着我们的微笑与祝福,它们终将在我们的生活中转换为幸福,让我们能够时刻微笑,时刻立足当下。生活中少一些抱怨与牢骚，多一些关心与问候，我们一定会被阳光包围。当我们时刻都关注当下时，我们自己所散发出的光芒也会照射到身边的每一位家人、朋友，会将幸福传递下去。

员工梦 劳动美

劣质煤热电厂 肖文汇

"实现中华民族伟大复兴,就是中华民族近代以来最伟大的梦想。"习近平总书记阐述的"中国梦",触动和点燃了我们的梦。"五一"劳动节,中华全国总工会号召每一位劳动者,用自己的爱岗敬业,用自己的无私奉献,用付出和智慧托起每个人的"中国梦"。无论梦想大小,无论舞台宽广,每个人都有权利拥有一个"中国梦"。

习近平总书记强调指出,幸福不会从天而降,梦想不会自动生成。纵观整个中国历史的发展、四大发明的出现、杨利伟"坐地日行八万里"等梦想的实现,都是集结了无数的智慧和辛勤的汗水!总而言之,是劳动托起了我们的"中国梦"。如果我们不在春天时鞠躬耕耘,那么秋日注定不会得到丰盈的果实。一个人只有在自己的岗位上,恪尽职守,把个人梦与"中国梦"紧密联系在一起,才会活得有滋有味,才会拥有一道自己的彩虹。

作为窑街煤电集团的职工,我们更应该以饱满的热情投入工作中去,时刻保持"谦虚谨慎、勤奋刻苦"的工作作风,因为饱满的热情可以激发工作的创新灵感,谦虚勤奋工作则是获取事业成功的关键,实现"中国梦"离不开亿万中国人的劳动,需要我们每一个人迈开步子,从本职工作做起。是的,我只是一名普通的电厂运行工,但是每一个平凡的岗位都有着自己的价值，做好份内的事情，不因工作简单否定其意义，我在自己的工作岗位上付出辛劳，也是在实现梦想——窑街煤电员工梦。

"中国梦"诱人，但绝不虚幻。"中国梦"是国家的、民族的，也是个人的。人间万事出艰辛，越是美好的未来，越需要我们付出艰辛的努力。中国梦承载与寄托了所有劳动者的期望，对我们窑街煤电劣质煤热电厂来说，安全就是生命，安全就是效益，安全是一切工作的重中之重。唯有安全生产这个环节不出差错，我们才能更好地实现我们的梦想。所谓"一失足成千古恨"，当我们注视着全厂各车间里的设备平稳运行时，当我们赞美冷却塔如钢铁卫士一般顶天立地时……我们是否想过，如果稍有疏忽、安全意识一刹那间离开我们的头脑，那可怕的瞬间，火光电闪之处，美好的一切、兴旺的企业，甚至珍贵的生命……都将化为乌有！所以，居安思危、防患于未然，安全工作常抓不懈，这是何等的重要？

2018年6月7日，全国安全生产电视电话会议指出，接连发生的重特大安全生产事故和财产损失，必须引起高度重视。人命关天，发展决不能以牺牲人的生命为代价，这必须作为一条不可逾越的红线。安全生产工作是全面建设小康社会的重要内容，让我们坚定对安全工作的决心，从争做本质安全型矿工做起，从精细化落实安全生产责任制着手，从标准化班组、标准化岗位做起，让我们用"猛药"治"三违"，用"重锤"砸隐患，杜绝"三违"，远离事故，让安全成为一种习惯，让行为变得更安全。

朋友们，我们正处在一个伟大变革的黄金时代，经济的发展、国家的富强、民族的振兴，需要全体人民的辛勤劳动。我们要在这片辽阔的天地上大显身手，把爱国之情、报国之志化为吃苦耐劳、辛勤劳动的力量之源，用我们的热血和汗水、青春和智慧，去追求和实现我们的梦想。

用我的劳动创造我的梦——我的"中国梦"！用我的勤劳实现我的梦——我的"陇原梦"！用我的责任心铸造我的梦——我的"窑煤梦"！

写给爸爸的一封信

金河煤矿　王芳弟

亲爱的爸爸：

　　今夜我又在坚守岗位，外面传来选煤楼皮带和托辊轰轰隆隆的声音。每当深夜，我总想起您——我的父亲，耳边又想起了您的叮咛：不论干什么工作，都要认认真真、恪尽职守。今晚，窗外的雨敲打着我思念您的心，我思绪万千，提起笔来，给您写了生平第一封信。

　　爸爸，我很小的时候，每次您去上班，妈妈总是说："注意安全。"懵懂的我看着你们，不明白妈妈为什么这么说。很多年以后我的脑海里总是浮现出您下班回来时的样子。一件洗得发白的军便服，一条蓝裤子，手里总是提着一个军绿色的水壶。我经常趴在家里的窗户上看到您拖着疲惫的步伐，沿着矿区的路，一步一步地走回家来。早上，我的眼睛还没有睁开，您就用短短的胡须在我的脸上蹭，凉凉的、扎扎的，总是把我逗醒……

　　在我上小学的时候，您因为工作需要去了一个新的单位，那里离家很远。在我的印象中您要好久才能回家一次，住几天又匆匆的离开。妈妈说那个地方叫"天祝煤矿"。妈妈总是托人给您带一些吃的、用的。她也告诉我那里的生活条件很差，海拔高、温差大，气候就像小孩儿的脸一样随时变化，随后我也就有了去您工作的地方看看的想法。

　　直到我上了初中，学会做饭了，妈妈才让我去看您，也是我第一次独自出远门。记得那是大年三十，没有去那里的班车，我只有搭乘路过的顺风车。早上七点多就出门了。天气寒冷，一路上换了好几趟车，又走了很长的一段路，本来两个多小时的车程，那天直到下午五点多我才找到您住的地方。当我突然出现在您面前的时候，您是那么地喜出望外，赶紧抱着我，握着我冻得冰冰的手。爸爸，您的手好温暖啊！当走到门口时，我惊呆了：那是一个我只有在电视里才见到过的山边的窑洞，简陋的一个小木门，我迟迟不肯进去。您拉着我推开小门，让我进去。里面只有三张小床，门口的一张桌子就是唯一的家具。上面是做饭用的"案板"。我不禁眼泪落了下来。"这么简陋的房子怎么住人呢？"我含着泪看了看您，您却摸着我的头说："我的小女儿来看爸爸了，真高兴啊！"我只有把自己的难过装在心底，走了进去。第二天，我才知道你们连喝的水都要去山下提，也没有可以买到菜的地方。每天只有计划着吃从家里带去的食物，我也明白了妈妈为什么总是千方百计的，这么远的路途给您带去您爱吃的东西，妈妈带去的不仅仅是吃的，更是妈妈和我们对您的思念和期盼啊！

　　我住了几天，手都被凛冽的寒风吹裂开了口子。您不忍心我跟着您受罪，催着让我早点回家。我一直疑惑，为什么您受这么多的苦，却在我们面前从来只字不提？

　　2004年，我参加工作了。您，却退休了。从我上班的第一天开始，您就不厌其烦地对我说："煤矿上危险大，环境差，一定要注意安全！"当我走上工作岗位了才明白了妈妈为什么总是对您说那句"注意安全"的真正含义，才体会到每当您夜班回来看着自己熟睡的孩子，是多么幸福的事啊！

爸爸，您总是说："我在煤矿干了30多年，没有出现过一丝的麻痹大意，直到退休都是安安全全的。"我知道，虽然您的工作环境很苦，但是您坚持了这么多年，从来没有叫过苦说过累；虽然家庭负担很重，多少年都是您用坚强的身躯扛下来的，您对我们的关爱，就像一条缓缓流动的长河，默默地滋润着我的心田，指引着我在人生路上勇敢前行。您说这是您的责任，是每一个煤矿工人的使命，是每一个煤矿工人自身价值的最好体现。

爸爸，我爱您！您在煤矿工作了半辈子，辛苦了半辈子，现在的我，您的女儿，还在继续走您走过的路，我会永远陪着您，牢记您的话，我要像您一样，在自己的工作中将"安全"始终牢记心间，为煤矿事业尽自己的一份微薄之力。我也祝愿所有的矿工兄弟姐妹们幸福、安康！

爸爸，下辈子我还要做您的女儿！

爱您的女儿芳弟

2018 年 11 月 15 日

我常常想起的大舅

集团公司 王春丁

大舅 90 岁生日，大舅的儿子、我的表哥海山让我写点纪念文章。写什么呢？大舅的生活点滴我并不熟知，但大舅给我的印象却非常清晰……

听母亲说，我两三岁时去大舅家住过一阵子。母亲这么一说，我仿佛也想起了那个场景。在大舅家的宅院里，我骑在大舅的脖子上，狗跟在大舅的身后快乐地奔跑着……

姥姥姥爷共生了 10 个子女，活了 8 个，五女三男。大舅是长子。大舅家在陕北定边，是老区，大舅也是干过革命的。

听母亲说，大舅 15 岁时就成了村上油坊的掌柜了。过去的油坊可是财富的象征，掌管着油坊，就等于掌握了一家人的命脉。方圆几十里，大舅声名远扬，吸引了一大批村中巧姑呢！

大舅好学，虽然没上几年学，但书却读了不少，再加上家族遗风，大舅上知天文，下熟地理，还是村上有名的业余"郎中"。

大舅年轻时帮衬姥爷干革命，姥爷外出打游击，大舅在家看门。革命成功后，弟弟妹妹去城里公干了，大舅却仍然在家看门。大家进城去享福了，大舅却在种田。大舅心中多少有些不悦。说起这些事，大舅常常慷慨激昂，仿佛当年英气仍在，骨风正健。但大舅依然是大舅，谨遵礼仪规矩，仍然守护着他的"老大"风范。

大舅家族人都长寿。大姨去世时 84 岁，2019 年二姨 85 岁，二舅 82 岁，小舅 80 岁，母亲 78 岁，四姨、小姨都 70 多岁了，身体还都健康。

大舅前些年经常来兰州。第一次来时正好我结婚，大舅来贺，对我来说待遇极高了。在父母家中，父母好酒好肉招待了大舅。那天我老婆陪大舅喝酒，许是高兴吧，大舅只顾自己喝，也全然不顾老婆用水相陪，还一个劲地夸赞，"这娃能喝得很呀！"

大舅的确是大舅，他的气质、风度，带着长期养成的特有的王者霸气。大舅在弟妹中是说一不二的人，也是特立独行的人。过去兵荒马乱的年代，造就了大舅特有的刚强和勇敢，在弟妹中常常是领头羊。

大舅阅历丰富，走南闯北，见多识广，天文地理、医药、养生饮食，凡其种种，都有涉猎。有一次他来兰州，正好赶上我惯性肠炎犯了，大舅教我连吃半月去疼片，便去了根。

大舅 70 多岁在村上还骑自行车，高大的个头架在车上，远远就能在村头上看见。串邻居，去镇上，趟地头，逛集市，一次都落不下，直到有一次摔倒，着实吓人不小。从此，大舅也就与自行车无缘了。

我曾陪母亲去过大舅家 3 次。定边，陕北凹地，是戈壁沙漠、盐碱地，却盛产石油。去大舅家要过定边县城，第一次去的感受并不好。第二次，特别是第三次，定边真是变了样了。小表妹由原来骑行的小摩托开上了小轿车，老远就在高速路口接我。四姨、小姨和姨夫们争相簇拥着母亲，母亲回家的自豪感又平添了许多，原本很浓的陕北话瞬间成了地道的定边话。

兄妹相见，格外亲热。话匣子一打开，笑语连连。表嫂从地里回来，又忙着为我们做饭，特意宰了羊，做羊肉米饭。我打开了带去的好酒，大舅兴致勃勃，还喝了几杯。不一会时间，大舅在村上的儿子都回来了，大表哥居然60多岁了，但在大舅面前依然是孩子。我突然觉得中国古老的文化就像在大舅一样普通的老百姓家中悠久地传承着……

这一次见到大舅，比前些年苍老了许多，但言谈举止间，不服输，不认老，那股认死理、敢担当的劲儿却仍不输当年风采。见到大舅，你真会被折服，震撼。鲁迅先生讲的"中国的脊梁"不都还在吗？

那次见到大舅，大舅说还要再来兰州，去看留在他印象中的兰州，回忆那过去的情怀。人终有一老，但像大舅这样睿智、聪慧、知书达理、富有情商的先人还是健在着吧！

我常常想起大舅，要不是太忙，真想去看看他。有时我在想，90年在宇宙中太短暂了，但对一个人来说，却还是漫长的。90年的风风雨雨，大舅要怎么应对呢？90岁的大舅，他的生日我都未赶上，但他的气息、笑容以及淡定、果断、坚毅的品质一直在我心里！

爷爷的"狗狗"

——写给三周岁孙女

集团公司　王春丁

"狗狗"快三周岁的时候，从南方回来看我。一下飞机就来到了我工作的住所，祁连山脚下的海石湾。

"狗狗"的欢畅劲儿，让我这个爷爷留恋不舍。

儿子结婚不久，我就对儿子、儿媳说："如果要孩子就早点，趁我们和亲家都还不老，带孩子多好呀！"我还说"等有孙子了，我一定要写一篇《我当爷爷了》的文章。"原来想好的题目是《我当爷爷了》，后来也想用《我有孙子了》，起草快成文时，我倒觉得《爷爷的"狗狗"》更有意思。

转眼间，小孙女出世了，属猴，还真像孙悟空，横空出世。而且还是在秋天，水草丰茂、人丁兴旺之时，仿佛就在花果山上。起名时，她母亲从《诗经》中取"呦呦鹿鸣"之意，叫"呦呦"。西北人对小孩子都昵称为"狗狗"，亲家母还常说，"狗狗好有意思啊"，我就叫她"狗狗"了。

狗狗是来这个世上专门陪伴爷爷的，狗狗是爷爷心尖尖上的肉肉。

2016年8月26日，上午十点多，我和文化厅相关领导正陪同中国对外文化集团董事长检查首届敦煌国际文博会场馆布置。儿子打电话给我，说儿媳生了个小丫头。得知这一消息，我激动得热泪盈眶，我对在场的领导说："我当爷爷了。"他们异口同声地说："老弟，祝贺啊！"

我跑到文博会场馆外面，一个人热泪洗面，内心翻腾，我当爷爷了……

8月26日，那狗狗和爷爷是同一星座：处女座。以至于儿子打趣地说："我多幸福呀！一个处女座的爸爸，一个处女座的女儿。"

狗狗可爱极了。狗狗二岁左右就能连贯地说话了，说话特别萌，声音嫩嫩的，还带南方腔，尾音还带韵味呢。狗狗能出口成章，会说像诗一样的话了，"小毛巾，方方的，沾了水后湿湿的，擦擦脸，擦擦手，擦的宝贝干净了""小草莓，真可爱，红衣裳，绿衣裳，我吃掉，爸爸笑"。在奶奶的怀抱中吟诗，有时候说话间就能睡着。"小鱼睡了，小鸭子也睡了，鱼缸睡了，沙发也睡了，电话机睡了，空调也睡了，小猪佩奇也睡了，他们都睡了，我也要睡了！"

狗狗聪慧，极会讨巧。我母亲已是八十有三的老人了，狗狗要叫太太。一岁半时，2018年春节在太太家，狗狗俯着腰在地上模仿太太走路，仿佛就像赵本山春节小品中的女人，特别有趣。

狗狗的爸妈极喜欢这个"小人物"，以至我们带狗狗到兰州海石湾，儿子、儿媳都有些恋恋不舍，还有些不放心呢。

狗狗第一次去草原，见到骆驼、牛、马等，好兴奋，左顾右盼，还和它们交流说话，都不愿回来。在回海石湾的路上，我们开了导航，狗狗问导航说："我要回海石湾的家，应该怎么走呀？我要去上海，应该怎么走呀？我要去兰州爷爷的家，应该怎么走呀？"狗狗的声音很萌。

来海石湾的第二天上午十点多，太阳已经很灿烂了，高原上紫外线非常强，照得人脸上发烫。狗狗拿着自己的小玩具铲车在树坑里铲土玩。看见两位七岁的小哥哥，马上说："哥哥，哥哥，我们一起玩吧！"投入得中午饭点上都不想回呢！

7月28日，下大雨，看着那么大的雨，狗狗来情绪了。在车里大声地说话，"下雨了，下雨了，我们要回家""大雨哗哗下，北京来电话，让我去当兵，我还未长大"。狗狗昨晚又对家中鱼缸中的小鱼说："你来了，我来了，爷爷和我都来了。"

狗狗特别喜欢小狗，一碰见小狗，就上去抚摸并同小狗说话："狗狗你好吗？你怎么不说话呀？"有一天，狗狗碰见一大狗狗，大狗狗一跳，着实惊吓了狗狗，狗狗说："确确实实吓了我一跳！"

晚上睡觉，狗狗手里拿着心爱的玩具猴子，对猴子说："我们一起比赛吧。"然后把猴子往前一扔，"猴子第一，我第二。"再来一次。"我和猴子又比赛了，猴子落下来，我第一。"

狗狗每次吃饭都贪玩。可是打从7月幼儿园老师家访后，吃饭一说到幼儿园的陆老师，狗狗马上说："我要快点吃哦，一会儿陆老师还要拜访我呢！"

我在家帮狗狗奶奶洗锅，有些犯困，无意中说了句："哎呀！"正在玩的狗狗马上跑过来说："不要说哎呀，有我呢，我是爷爷的小帮手！"

有天中午狗狗饿了，也困了，就发脾气，看奶奶稍有不悦，狗狗马上说："奶奶，奶奶，我无聊呢，你不要生气，你说你爱我！"

狗狗极调皮，难得的小女孩的逗乐，常幽尔一默。有时，正在吃东西，趁爷爷奶奶不注意就跑过来，用吃饭的嘴在我身上蹭，在衣服上擦，有时还故意吐口水。你越说她，她越来劲，然后趁你不注意，又溜之大吉。

一天，狗狗在家玩超级飞侠。狗狗假装敲门，爷爷必须应答"谁呀？""快递！""我是乐迪，每时每刻，准时送达！""总部，货物送到，请指示！"狗狗说"我要开一个美好的商店，大家都来买东西吧！"

奶奶买了一个绣有骆驼的雨伞，狗狗藏在里边玩超级飞侠，对奶奶说："你猜我在哪呀？我和朋友们在一起哦！"狗狗还给奶奶说："奶奶，你说个问题，我帮你解决哦！"

狗狗极富乐感，体能也非常好，只要一有音乐声起，狗狗就可以随拍起舞，摇摆、迪斯科，即兴随意、有模有样，成为街头大妈队伍中别致的一景。大姑爷、大姑奶带她去宁卧庄宾馆玩。狗狗看见葡萄架下的钢管，马上说："我要跳钢管舞哦！"

狗狗特别大方，出门社交一点都不怯场。在西安和大她二十多天的姐姐在外面吃饭，看椅子不够，就跑去找服务员："阿姨，能不能帮我找把椅子？"在家中，狗狗还常教训爷爷奶奶，她要帮我们做完一件事情，一定要让我们说："谢谢哦！"然后她说："不客气！"狗狗还给我们讲"诚信"，"小拇指，小拇指拉钩钩，大拇指，大拇指盖印章，约好了，约好了，拉钩守约定"。

狗狗特别喜欢警察。在南方大都市，见着警察老远就打招呼："警察叔叔好！"在外滩还专门和警察叔叔合影，嘴里还念念不忘："警察叔叔再见！"

狗狗还喜欢文玩。常常在家中戴上我的小手串，戴在手上，戴在脚上，穿在脖子上。狗狗看我喝茶，就跑过来，拿着紫砂茶壶，学着我的样子喝茶。两年还打碎了我的两个紫砂杯呢！

　　回兰州的第二天，狗狗和我一起下楼扔垃圾。狗狗说："爷爷，西瓜皮是湿垃圾，干湿垃圾要分离。"看我扔完西瓜皮，狗狗又说："爷爷不对，湿垃圾不能回收，怎么没人罚款呀？"

　　大姑爷做的西北风味的一锅子面，喜讨狗狗口味，接连吃了三天，顿顿不烦，狗狗说："我还要哦！"

　　狗狗可喜欢坐飞机了，主要是喜欢飞机上的饭。狗狗说："飞机上的饭可好吃呢。"空姐见其可爱，给了两份。米饭、面条相伴，左右开弓，各沾其味！

　　转眼间，狗狗又要回南方了。临走前一天的晚上，狗狗说想回海石湾了。狗狗说："嘀嘀嘀，海石湾车站到了，请各位旅客做好准备下车，不要落下东西哦！"

　　狗狗又回南方了，爷爷心里可不落忍了，心里空落落的。

　　过段时间，爷爷去南方看狗狗。

2019 年 3 月 12 日起草

2019 年 8 月 19 日二稿

2019 年 8 月 20 日三稿

2019 年 8 月 21 日定稿

给狗狗三周岁的礼物！

我的祖国我的梦

保卫部 何龙

　　清晨，透过窗外，我听到马路上的车辆声，急促又紧凑，声音低沉而强劲；我看到形形色色赶着上班的人们，是那么朝气蓬勃，激情满怀……一切都充满着希望，温暖而美好。如果把窗外的景色定格，比作一幅画框，我想说，透过窗外，我看到了美丽的中国。

　　我生活在一个缘煤而兴的小城镇中，这里的生活紧张又充满着希望，几十年的风雨，已然使它悄然地发生着巨变。从以前破败的小村镇，到今天的现代化小城市；从名不见经传的山村，到名扬红古的经济重地……美丽的海石湾以更加自信和开放的姿态，更加彰显出"时尚范"。经济发展不断突破，城市建设不断完善，居民生活日益富足……而这些成绩的取得，无不归功于伟大的党、伟大的时代，还有伟大的人民。许多优秀的退休老前辈，在原本享受天伦之乐的年纪，他们却退而不休，一直活跃在红古发展的舞台上，向社会传递正能量；被评为红古区先进人物代表、创业成就梦想的代表——兰州市红古区鑫源天然气有限公司董事长尹建敏，从她的身上，我知道有一种情怀叫坚持，有一种坚持叫忍耐。十多年坚守，成就今天拥有上千员工的企业，为红古区发展、解决就业、缓解本地农业经济压力做出了重要贡献。成立农业科技示范基地，帮助农民吃上技术饭、走上致富路；成立慈善基金，扶危助困，回报社会。

看到这里，我赶紧下楼，融入窗外的景色里，我想和看到的这些美丽人物一样，也为美丽中国增添一抹亮色。

作为一名普通的煤矿工人，我努力发挥自己的优势，热爱本职工作，用实际行动为美丽的中国和养育我的窑街煤电添砖加瓦，践行新时代煤矿工人的责任担当和使命价值。

2019年，是中华人民共和国成立70周年。这是中华人民共和国发展进程中一个非常重要的历史时刻。回顾过往，改革开放给我们带来了前所未有的发展机遇，使中华人民共和国发生了翻天地覆的变化。作为一名共产党员，该用什么来为伟大的祖国献礼呢？我和单位同事们一起参加了庆祝中华人民共和国成立七十周年的大合唱活动，"我们唱着东方红，当家做主站起来……"激情昂扬的歌声，表达了我们此刻感恩的心。

70年，中华大地发生了翻天覆地、波澜壮阔的变化，犹如一幅多姿多彩的画卷。我们用光影定格了无数难忘的瞬间，它们是时光之河中泛起的一朵朵浪花，也许微小，也许平凡，却真实见证了历史的发展、时代的变迁。

作为一名普通的窑街煤电职工，身在基层，每天除了兢兢业业做好本职工作外，就是往返于单位与家之间，对身边的环境和发展有着切身的感受。还记得当初我们的窑街煤电还是用人背、用铁锹铲、锄头挖的一个小煤矿，到今天已然成为一个年产近千万吨、跨区域、跨行业发展的综合大型能源集团，逐步实现由单一经营向多种经营转变，由简单粗放向精细管理转变，由常规低效向智能高效转变，内强素质、外树形象，走上了健康持续发展的道路。由人力转向机械,逐步走向无人化、自动化、信息化,这一次次的变革、一次次的提升,无不告诉我们窑街煤电在成长。

深情凝视祖国的发展,改革开放以来,经济成就举世瞩目,科技创新硕果累累。可谓"上九天揽月,下五洋捉鳖",从太空到深海,处处可见鲜艳的五星红旗,一件件大国重器的诞生——从国产大飞机首飞到国产航空母舰下水;从卫星"悟空"发射升空到"天宫一号"驻留太空;从"天眼"望远镜到"墨子号"量子通信……它们承载着中国梦想,凝聚着中国智慧,也彰显出中国制造的伟力。

此刻,坐在宽敞明亮的办公室内,我的耳边回响起习近平总书记在2019年新年贺词里说过,伟大成就的取得是全国各族人民撸起袖子干出来的,是新时代奋斗者挥洒汗水拼出来的。我们都在努力奔跑,我们都是追梦人。让我们乘着中华人民共和国成立70周年的东风,屹立在新时代的潮头,用青春和汗水为中华民族的伟大复兴贡献力量。我相信,当明天推开窗户的时候,我们将看到一个更加富强、民主、文明、和谐的美丽家园。

杂感

集团公司退休老干部 张恩俊

杂感一

或问，人有魂乎，很难众口一词。但问，诗有魂乎，必会达成共识。

唐诗宋词传千年而不衰，越历代而愈盛，何也？诗魂至灵至智至豪至美故也。

诗言志。诗魂即民族魂。伟大的民族，孕育出不朽的诗魂。

经典诗词，歌之诵之，历久弥新；思之品之，温故知新。日读一诗，积微成著，腹有诗书气自华。愿诗魂引我魂，让我魂追诗魂。

杂感二

欣闻植物园开放，宅了月余的我，似获特赦，几分激动，几分感恩。

春的气息弥漫园中。沉淀了多日的空气格外清新，我情不自禁地做起了深呼吸。至密林无人处：索性卸去"标配"，任性贪婪地深吸长呼。一缕缕微甜绵长之气钻脑，进肺，透心，游走于四肢百骸。俄顷，飘飘然，物我两忘，荣辱皆抛，自得洋洋者矣！

回家午餐，顿觉饭菜香气袭鼻，噬之吞之，不亦乐乎！

杂感三

"红杏枝头春意闹"，一个"闹"字，点出了春的本色，写透了春的神韵，是一曲盛唐之春的"咏叹调"。

想起了杜甫写于"安史之乱"的《春望》："国破山河在，春城草木深。感时花溅泪，恨别鸟惊心。"看，"国破"了，城中的荒草凄凉，花儿溅落伤心之泪，鸟儿哀鸣惊悸。

春本无颜色，国运调浓淡。国兴春艳，国衰春败，国破春亡。我辈游春，当记兴国之责。

我的扶贫之路

保卫部 张乃贤

2019 年 5 月，我接到单位通知，被列入新增队员调整到临潭县洮滨乡帮扶工作队开展帮扶工作。当时家中孩子还小，父母身体也不太好，家中很多事情都需要我这个儿子来扛，我把自己要去扶贫的事给家里说了，父亲语重心长地说："孩子，组织选择你是相信你的工作能力，你就放心地去吧，我和你妈妈你不用担心，家中有我和你妈妈照顾。"

我是一个标准的 80 后，提到驻村扶贫这项任务，我既兴奋又忐忑，意气风发、踌躇满志，曾经无数次的思考怎样做好一名帮扶干部，希望凭借自己的干劲和热情，带给村民改变。

这些帮扶贫困村干部被老乡们亲切地称为第一书记帮扶队，很荣幸我成了帮扶队中的一员。众所周知，选择成为第一书记和帮扶队员，就意味着要在一段时间内离开熟悉的环境、温馨的家庭、喧嚣的城市，意味着大家要付出更多的心血、智慧和汗水。

我所驻的总寨村共有 318 户，1307 人，全村上下一没特色产业，二没集体经济，三没旅游资源，四没工业带动，以传统的种植养殖为主要产业，是传统的农业村。

通过入户走访和村民拉家常了解到他们的思想状态和面临的实际困难，配合第一书记解决大家的实际问题，在摸清底数的基础上和帮扶责任人一道认真做好致贫原因的调查分析，确保做到因地制宜、因户施策。

扶贫先扶智。为转变村民思想，激发创业活力，我每天和第一书记深入调研，走家串户，不厌其烦，推心置腹地与村民勾勒规划，设身处地地与群众算账对比。通过不懈努力，村上实施了"一家多产业"的脱贫项目，制定了"一户一策"的帮扶措施，落实了"全家多方位"的救助机制。

出门在外衣食住行都要靠自己，在驻村的这段时间让我体验了别样的人生。让人无奈的停水停电、恶劣的自然环境、难熬的思乡之苦。但是偶尔小小的惊喜：厨房冒出新鲜蔬菜、每逢佳节时的粽香和饺子，这一切都让我感动、欣慰、知足。

这一段扶贫的经历让我深深地体会到农村条件虽然艰苦，但艰苦是最好的学校，可以让我学到舒适环境中学不到的东西，磨炼艰苦朴素、艰苦奋斗的意志品质。基层工作虽然很棘手、很难干，但实践是最好的课堂，我走到了处理问题的第一线、基层工作的最前沿。群众工作不好干，但基层干部是最好的老师，和他们一起摸爬滚打，能让我学到吃苦耐劳的精神、淳朴善良的品质。

让劳模精神薪火相传，蔚然成风

集团公司工会 韩沙沙

　　劳模精神，明亮而深刻地展示着企业精神的演进与发展，凝重而浪漫地体现着时代的思想与情愫。无论哪个时期，在我们身边，都会有许许多多的普通劳动者，他们默默地付出、辛勤地劳作，换来企业的发展和他人的幸福。他们就是我们时代的劳模，他们身上所散发的就是劳动精神，劳动精神就是责任，就是把造福企业作为自己的使命和责任，为了实现它不断地努力，永不停歇，无论遇到什么困难和挫折，造福企业的责任精神永远不会褪色！

　　窑街煤电的历史，是一段劳动者铸造光荣、成就梦想的历史。翻开烙印着矿山儿女永不褪色的集体记忆的窑街煤电劳模集，老一代矿工中的"铁人""老黄牛""公仆""螺丝钉""顶梁柱""脊梁骨"……映入眼帘，他们是窑街煤电老一辈劳动模范的代表。为了企业建设，用那个年代肯吃苦拿命拼的特有的铁人精神，充分体现了煤矿工人"特别能吃苦、特别能战斗"的精神风貌和高尚品格。他们是"地球转一圈，我上两个班"的 20 世纪 70 年代全国劳动模范李有琪，是带领全队职工连续两年跨入国家甲级"纲要"队的八十年代全国劳动模范张积省，是 20 世纪 80 年代煤炭部特等劳动模范王延福、甘肃省劳动模范鲁存惠、张尕清、杨贵才、董明哲、邓同印、丁保林等等……

还有太多太多先进模范劳动者的名字烙印在窑街煤电发展的丰碑上。匆匆的时光留下了斑斑白发，也留下了岁月醇香，在时代的变迁中，窑街煤电给我们留下了一幕幕感动和一件件难忘的劳动者故事，当年的劳模或已白发苍苍，或已远去，但老去的是年华，时光却永远不会让鲜活的故事褪色，劳模精神也永远不会过时，时刻提醒我们饮其流者怀其源，激励我们始终崇尚劳动，尊重劳动者，用劳动精神奏响时代最强音！

回忆老一辈英模人物，我们深刻领悟到了老一辈窑街煤电劳动者在艰苦条件下的执着和努力，感受到了他们以企为家、爱企如命、艰苦奋斗、艰辛创业的高尚品格，深刻认识到了艰苦奋斗的劳动精神，是一笔极为珍贵的精神财富，是支撑窑街煤电战胜一个又一个困难、经受住一次又一次严峻考验，不断前进、不断发展壮大的重要精神支柱。时代不断变迁，劳动精神的传承永远不会改变。

老一辈劳动精神薪火相传，新时代更多的劳模涌现出来，全国煤炭工业劳动模范贾正宾、孙建虎，甘肃省劳动模范、甘肃省十大陇原骄子、冀中能源杯第三届感动中国的矿工张国财，全国五一劳动奖章张其堂，甘肃省劳动模范杨国礼、赫海全等。

太多太多看似微不足道却触动心弦的劳动者故事让我们懂得：无论身处何种岗位，劳模的精神就是奉献。正是这一代代劳动者中的千万个缩影，用劳动精神专属的特殊烙印，告诉我们无论窑街煤电的发展如何变化，有些人、有些事永远都会保留记忆中的模样。

其实，劳模不仅仅只是记载在窑街煤电英模集中的那些人、那些事，每一个奋战在工作岗位的劳动者都是时代的劳模，或许不够光彩夺目，或许他们平凡普通，但却足以感人至深。正是因为所有窑街煤电劳动者凝结在一起的实际行动，才构筑起劳模精神，才为推动企业高质量发展激发了活力、增强了动能。

艰难困苦，玉汝以成；累累硕果，尽在今朝。奋斗者的岁月值得回首凝望，劳动者的拼搏值得记录珍藏，感受与企业荣辱与共、风雨同舟的使命感，体味为企业倾力打拼、敬业奉献的责任感，传承劳模精神，延续劳动故事，用汗水给我们奔腾的生命最高礼赞，用劳动描绘窑街煤电最美的颜色！

岁月永远抹不去的记忆

金河煤矿退休职工 王宁生

人的一生中，应该有着许许多多的记忆，但大多记忆伴随流逝的岁月，像一阵风那样无声无息地淡出，而有一种记忆，永远深深地嵌在心灵深处，即使天老地荒，永远也不会褪色暗淡，如窖藏的陈年老酒，一点一滴的品味，越品味道越醇，越品越能感受到一种独有的绝美。

在我的生活经历中，永远珍藏着一份弥珍的记忆。那是我的领导，也是挚友赵正忠，他是我心头一盏永远闪亮的灯！这盏灯，一直是建造在我人生坐标上闪亮的灯塔，那熠熠闪耀的光辉，始终指引和照亮着我前方的路。

28岁那年，我从干了12年的井下工人岗位调入一矿工会工作。去工会报道的那天，是赵主席从劳人科领我出来，并与我谈话的，我记得非常清楚，那次的工作谈话前后不到一分钟："劳动保险工作都是些婆婆妈妈的繁琐事，干这项工作要细心更要有耐心，没有啥难的，边学边干吧。"第一次的谈话内容就这么简单，我一头雾水，对什么是劳动保险一窍不通，更不了解这项工作的内涵。

到工会上班的第二天早晨，刚进办公室坐下，突然听见隔壁赵主席办公室传来争吵声，我诧异地赶紧过去查看究竟。赵主席办公室的门敞开着，这是我第一次见到年轻者与年长者之间的争执，年轻者又如此无礼，不由得两个拳头紧紧地攥在一起。看见我怒气冲冲的样子，赵主席连忙让我去忙其他事，把我支了出去。

回到办公室，我即刻找出该女子丈夫的档案，打开档案袋，这时我才知道，该女子丈夫是在井下因掘进工作面冒顶殉职的，处理善后时该女提出安排本人的工作，解决两个儿子的农村户口，公婆的抚恤费全给她等要求。当时企业还没有自主招工的权利，解决农转非户口属于当地公安部门职责，落户要具备兰州市规定的条件，国家再也没有其他方面的照顾政策。她隔三岔五地来工会要困难补助。也就是这天的耳闻目睹，让我对自己从事的劳动保险工作有了初步的了解，理解了赵主席说的"要挨骂受气"的内涵。

没有过几天，正在办公室接待一位从农村上访的工亡遗属，党委书记突然来电话叫我去他办公室，我急忙放下手头的活，匆忙赶到书记办公室，一进门就遭到书记的批评，我愣怔了半天才听明白，住在矿区的一位工亡遗属家庭生活困难，请求安排子女的工作而直接去找他，书记让她去找工会解决，这位遗属直接去找书记，并谎称工会不管让来找他的。我连忙劝说这位遗属去工会解决问题，胸腔里憋满了一股难以承受的闷气，万分沮丧地在想，机关里还有这么难干的工作？突然间产生了重回井下工作的念头，井下的工作虽然苦些，出点力干好分给自己的活，哪会受这么多的气。

第二天临下班时，赵主席径直走进我的办公室，笑眯眯地说道："昨天受委屈了吧？我已找书记理论了，书记是真的不知道实情错怪你了。事情已过去了，不要有思想包袱和压力，大胆的放手去工作！"我的心中泛起了一股热流，望着眼前的这位领导，不知说什么好。

真正了解赵主席，还是一次去武威出差。在武威办完事我们一起顺路去了民勤林场，车到林场的院子停下，赵主席刚走出车门，只听见"呵呵，赵老大来了"的一声呼喊，顿时，整个院子里像是炸开了锅，人们从不同的方向簇拥过来，围着赵主席握手、拥抱，像是久别重逢的亲人，脸上堆满了难以形容的兴奋，那近似疯狂的热情连我这局外人也觉得心里热乎乎的。晚上休息时，我好奇地向招呼我入住的工作人员询问："林场的人怎么对赵主席这么熟悉？"他意味深长的告诉我，赵主席在他们弟兄里排行老大，林场没有人叫他的官衔，统称"赵老大"，他是林场的创始人之一。这里原来是一片不毛之地的荒漠，从春一场风，一直刮到冬。初进戈壁时住帐篷、住地窝，没有任何机械，就凭一双手在荒芜人烟的戈壁，开始了艰难的工作。赵主席与大伙同吃一锅饭、同住地窝帐篷、同在田间劳动、同在严寒酷暑里治沙，处处吃苦在前，亲自规划林带，亲自试验种植，亲自考察养殖，亲自摸索治沙，在这茫茫的戈壁战风沙、斗酷暑、战严寒，吃尽了苦头。他凭着一腔热忱，一片丹心，带领大伙历时3年多，用辛勤的汗水，在巴丹吉林沙漠的边缘浇灌出了一片郁郁葱葱的沙漠绿洲。他是根植在沙漠的一株红柳，用自己的坚强在这里绽放着生命的新绿，他是根植在沙漠的一株沙枣树，在这里用生命绽放着生活的芬芳。林场建成后就有了良好的收益，这里生长的白兰瓜和西瓜蜜汁般的香甜，这里种植的小麦光照充足，磨出的面粉非常筋道，是做"拉条子"的上等面粉，特别是吃戈壁沙生植物长成的羊，肉鲜嫩不膻令人垂涎。赵主席是一位秉公廉洁的大好人。林场的人都敬重他、热爱他、铭记着他，只要他来林场，都是热情招待。

"敢向拓荒终不悔，化作红烛照后人。"我被卷入一股强大的热流，快速地融化着，今生第一次理解了什么是人格的魅力，什么是人格的风采，第一次目睹了人与人之间如此坦诚的交往。

赵主席年幼时曾给地主家打长工，他的童年尝遍了人间苦辣酸甜，历经离乱沉浮和世道沧桑。1952年初冬，经亲属介绍和引荐，在中华人民共和国的曙光里，他怀揣梦想，对着故乡厚重的大地许下心愿，从武威的四坝乡步行十五天，穿过祁连山麓的寒风，迈过古浪峡的泥泞，踏过乌稍岭的积雪，蹚过庄浪河的激流，踩过永登沙沟的崎岖，一路风尘，日夜兼程地来到窑街，跻身矿工队列。他对中国共产党有着深厚的感情，工作不久就入了党，入党后长期担任党支部书记，是把党视为父母的忠诚党员。

我到工会工作的第一年年终评选先进个人，大伙异口同声地赞扬赵主席是出色的领头羊，踏实敬业的工作作风有口皆碑，全票评选赵主席为先进工作者。但他坚决地推辞，谦逊地说："工作都是干事们干的，先进自然在干事们中间评选，我的职责是替你们承担责任和规避风险的，先进坚决不要评选我！"赵主席没有一点私心，不计较个人荣辱得失，荣誉面前他竭尽谦让给下属。日常工作中，他总是操心哪位下属生活上有困难需要帮助解决，给人以宽松，予己以从容。安排工作始终以商量的口吻，即使下属干错了事情，从不恶语训斥，而是耐心地聆听下属解释干错的原因，共同找出合适的补救方法。他的品行感动着我们，温暖着我们的心灵，湿润着我们的眼睛，一份炽热的情感，深深的烙在每一个下属的心头。怎样做人，他给我们树立了榜样，怎样做事，他给我们作出了表率，他无私坦诚的高尚品格，是我们头顶的一束阳光，他的坚韧赤诚是我们焦渴时吸允的雨露。在他的这棵大树底下，我们心情愉快地工作着，没有任何担心和后顾之忧，自觉自愿地想着法把工作向前推进，前行的路上一路晴空。

正因为有这样好的领导指导和栽培，工会劳动保险干事岗位的十年，我的青春实现了艳丽的绽放，实现了人生的一次华丽转身，点缀出了我人生路上最美的一道风景，为我以后应对前行路上的风雨，储存了足够的能量。

和赵主席之间的感情升华，起始于我分到住房的那年。我分配的住房恰巧在赵主席家对面的四层，阳台正对着他家的厨房和卧室。赵主席家每个星期天都有亲戚聚会，只要他家有亲戚来，趴在窗户呼喊，我便应声赴邀，成了他家客桌上的常客。我家来客人了，我站在阳台招手，他便立即而至。时间不长，我们的个人情感就似水相溶，每个周末，我们都是相聚在一起，古今中外、天南地北的无所不谈，无所顾忌，没有职务等级的差别，没有年龄代沟的忌讳。最难忘怀的还是对酒当歌的狂欢，一圈猜拳行令的通关过后，几盅酒下肚，随着酒精浓度的升高，情绪就兴奋高涨起来，碗、碟子、茶杯都成了打击乐器，赵主席爱吼秦腔，《金沙滩》《劈山救母》《五丈原》等，是他的拿手绝活，喊一嗓子，整个小区都能听见。其他人哼唱酒曲和当地的民间小调，边喝酒边吆喝地唱着，酒香飘逸，笑声依依，暗香盈盈。在举杯畅饮的间歇，各自竞相拿出自己的绝活一展风采，就连赵主席的的老伴任老师，平时文静拘谨，每逢酒局也受到这种气氛的感染，惟妙惟肖的时装模特猫步、精彩飘逸的藏族舞蹈，给我们的节目增添了无数欢乐。我们开怀时赫然袒露的畅笑，融合在醇香的酒里，一杯一杯地品味着生活的馨香，一曲一曲地储蓄着动感的真情，那段时光，是我一生中最愉快、最难忘的。

时光总是在匆匆的消逝，眨眼一晃又是8年。无论我在东海之滨的泉州还是南国秀丽的南宁，总在不时地回首张望那段走过的岁月，回首张望那段温暖的回忆。这份诚挚的情感是沁骨的，尽管我浪迹天涯海角，走过许许多多的沧桑，这份感情依然是真切如初，定格刻痕在心灵深处。我常常规划着自己的行程，把思念收拢装进行囊，等待着启程穿越万水千山的阻隔。

我再三要求他到我陕西的家中少居，我们可一同走进秦岭深处，在云雾缭绕的山间踏寻潺潺流水；我们可并肩徜徉在渭河之畔，在茵茵的绿草地里放牧心情；可在雁塔晨钟的畅鸣里拥抱晨曦；可在骊山晚照的绚丽中欣赏夕阳；可在草堂烟雾的缭绕里回望长安；可在曲江流饮里泛舟畅饮；可在咸阳古渡回望岁月挥手昨天……"唉！走不开啊，走了孙子吃不上饭。"他无奈的一声叹息，谢绝了我的一片盛情。我知道，他仍然要践约自己神圣的诺言。

"相逢是一份缘，相逢是一首歌"！我这一生，最大的收获不是鲜花和金钱，不是名利和地位，而是我年轻时，在荆棘丛中攀援时，有缘与赵主席欣然相遇，是他用宽厚的肩膀搭起人梯，使我穿过了悬崖峭壁，顺利地攀上崖顶，清晰地找到了上山的路，走过了我前行路上最美好的一段时光，我会永远铭记我们今生的相逢。

写给劳动者的赞歌

集团公司　朱新节

　　英模是光辉旗帜和时代的领跑者。在窑街煤电的发展历程中，每一步跨越、每一项成就都镌刻着矿工顽强拼搏、奋发进取的坚实足迹，饱含着广大英模的忘我付出和无私奉献的爱企情怀。回望窑街煤电 60 多年波澜壮阔的历史画卷，最为耀眼的是由一幅幅英模画像组成的矿工群雕，他们感动了职工、引领了潮流、成就了窑煤。

　　英模是时代的先锋。历史，是由人民创造、英模引领的。在窑街煤电 60 多年的发展历程中，从李有琪、王延福、鲁存惠到杨国礼、张国财、马明礼，每个时代都有每个时代的英模，每个时代的英模都引领了一个时代的发展。或许为了心中的梦想，或许为了肩上的责任，或许为了渴望的生活，他们付出了比别人更多的心血和汗水，在企业改革发展和日常工作中走在了职工队伍的前列，成为了企业的标杆、职工的楷模、时代的先锋。

　　英模是企业的脊梁。在窑街煤电 60 多年的历史长河中，既有顺境，也有逆境，无论是在日常工作中，还是在重大考验面前，英模人物总是心存企业、挺身而出、不辱使命。窑煤工匠张国财在企业最为困难的时期不为外单位高薪聘请所动，坚守岗位，默默奉献。在他和他一样英模地影响带动下，大多数职工与企业风雨同舟、患难与共，窑街煤电走出了冬天，迎来了光明灿烂的前景。我们从每年英模事迹报告会中一个个动人的故事里感悟到，因为他们的坚守、挺起和付出，企业有了较好的发展，职工得到了幸福的生活。

英模是职工的偶像。我们的英模虽然来自不同单位，从事着不同职业，有着不同成长经历，但他们都有着让广大职工共同认可的精神品质，他们对企业的深厚感情，强烈的事业心、责任感，渴求知识和技术的强烈愿望，把苦活累活脏活揽在自己身上的情操，团结身边同志一起进步的情怀，深刻影响着矿区广大职工的内心精神世界，成为了窑街煤电的形象代言人和职工群众心目中的英模偶像。

劳动是人生最纯真的底色。劳动创造了世界、成就了历史。劳动也让企业和劳动者一起得到了锻炼和成长。每一个平凡岗位的坚守，都反映了劳动者的劳动精神，每一位劳动者都有动人的故事、闪光的思想。在采掘一线、生产车间、施工现场等这些普通劳动者之中，采煤工、电机车司机、选煤楼女工、运转工等等，一个个普通而又不普通的平凡身影，一个个平凡而又不平凡的工作瞬间，用汗水和智慧擦亮了劳动最光荣、劳动最伟大、劳动最崇高、劳动最美丽的人生底色，诠释的是企业有我、不负韶华的宝贵品质，凝聚的是窑街煤电生生不息、奋勇前行的蓬勃力量！

每一个英模人物，都是从普通劳动者中间走出来的。习近平总书记强调："伟大出自平凡，英雄来自人民。""窑煤职工之家"微信公众号"带您走进他的初心故事"专栏推介了金河煤矿综采队队长左存智情系矿山献青春的故事。左存智说："当初选择这里当农民工，说实话，犹豫过，徘徊过……"2005年6

月，集团公司送他去西安科技大学委培脱产学习感动了他。从此，左存智爱上了企业和岗位，始终以一颗感恩的心认真学习、努力工作，让自己变得越来越优秀。企业为职工提供学习和工作岗位，职工感恩企业勤奋工作，企业和职工在相互支撑、相互欣赏、相互激励中得到了"双成长"。每一项非凡成就的背后，都是由点滴积累而形成的。

合抱之木，生于毫末；九层之台，起于累土。众所周知，窑街煤电受自然灾害影响十分严重，企业今日的非凡成就，是由一代代窑煤劳动者只争朝夕的奋斗换来的。在企业不同寻常的点滴积累中，饱含了无数劳动者的汗水、艰辛、智慧和奋斗。无论是坐在电脑前的工程技术人员，还是身处一线的普通职工，窑街煤电的千千万万普通劳动者，默默奋斗在各自的工作岗位上，滴滴汗水，汇成一股无形的力量，浇灌着我们窑街煤电的幸福家园。

梦想是内心最强大的力量。集团公司党委所确定的企业发展定位、目标愿景、基本思路、实施路径等，是立足当前、面向未来的思考。有目标，有梦想，才能走向诗和远方。

梦想是支撑人们追求美好生活的精神向导。每名职工、每个家庭都有对美好生活的思考、向往和追求。这种思考、向往和追求久而久之在内心发酵沉淀，就会形成一种信念。那些为过上有房有车有存款美好生活而辛勤劳动的职工是值得肯定的，而那些为了更多职工幸福而辛勤劳动的人是值得敬仰的。企业工会的责任是鼓励和引导每一名职工靠努力工作实现美好生活，企业党组织的使命是教育和激励劳动者中的共产党员为更多职工的幸福发挥先锋模范引领作用。无论是党员职工，还是非党员职工，都需要一个奋斗目标、一个精神向导。集团公司党委确定的三至五年"原煤产量1000万吨、产值100亿元"的目标愿景最能把大家凝聚在一起。通过思想上的交流、情感上的碰撞、精神上的融合，让每一名职工都爱上自己的工作，让每一名党员都乐意为企业发展和广大职工的幸福而更加努力的工作，这就是梦想这一精神向导所产生的力量。

梦想是凝聚职工实现目标愿景的精神支柱。为梦想而奋斗，使窑街煤电在60多年发展征程上涌现出了49名省部级以上劳模和数以千计的集团公司级英模。企业党组织和工会组织的责任是不断宣传"中国梦、陇原梦、窑煤梦，劳动美、创造美、奋斗美"，使劳动精神在灵魂深处生根发芽，让英模人物引领大家向着目标奔跑。

梦想是推进企业做强做优做大的精神力量。面对企业生存发展的"三大挑战""五大考验"，集团公司党委提出了实施"五个转型"、开展"十大行动"的发展思路。今日之窑煤，正是"潮平两岸阔、风正好扬帆"之时：油页岩半焦高值利用、三矿井下膏体充填开采、海石湾煤矿煤层气抽采、肃北酒泉红沙梁煤矿开发建设等，为广大职工群众提供了"天高任鸟飞，海阔凭鱼跃"的宽广舞台。

做一个璀璨如六月的人，努力生活、用力奔跑，为梦想而奋斗，人人都是创业者，让我们用智慧和汗水书写窑街煤电高质量发展的崭新篇章。

劳动之美，是永恒之美！

永远的家

集团公司退休老干部 张恩俊

因父亲致残家庭失去劳力，我于 1956 年辍学。当年怀揣乡政府介绍信，去窑街煤矿当工人，挣钱养家，时年 15 岁。

我从小一直在家，从没出过门。我家在红古区新庄村，去窑街煤矿，八九十里路，算是出远门了。那时没有公交车，就是有了也没钱坐。在 8 月的一个夜晚，明月高悬，我背着一床旧被、两个白兰瓜、一块谷面饼，告别亲人，踏上了离家的路。母亲一直抹泪，把我送到村头，一再叮咛路上小心，还说干不了就回来……

我按照家人说的路线，走到海石湾后，到一个瓜棚里问路。一位老大爷看了半天，说，走享堂峡要过"阎王褊"，很危险，半夜三更，你一娃娃家，不小心掉进大通河里就没命了。你翻马家岭吧，路虽远一点，但保险。他还给我详细讲了走马家岭的路。

我翻山走的全是坑坑洼洼的羊肠小道，好在有明月在天，看得清路。加上自己是家里的长子，父母眼巴巴指望我挣钱养家，忽然觉得自己长大了，陡增了几分豪气。到了马家岭山顶，已是旭日东升。我看到了窑街，长长舒了一口气。坐在山顶休息。忽然觉得饿了，砸破一个白兰瓜，就着谷面饼子狼吞虎咽起来了。

到了矿上，时任矿长孙宏俊亲自接待了我，鼓励说："年轻人好好干，有前途。"之后领到人事科报到。人事科领我到财务科借了 10 元钱作生活费，接着介绍我到生产区，领了工作服、矿灯、胶靴，就成了一名矿工。

我上班大约十天左右，矿工会张主席来找我，说让我加入工会。他说工会是工人阶级的组织，是工人的家。我听了十分惊喜：我也是工人阶级的一员了。工人阶级是领导阶级，多光荣呀！再说工会是工人的家，我天天想家，曾在被窝里哭了多次，现在在矿上也有家了，多么欣喜啊！

我根据张主席的指导，填了表，交了照片。两天后，张主席拿来会员证交给我。我捧着红皮会员证，一种自豪、一种幸福的感觉不由得涌上心头。

张主席还说，矿上办了职工业余学校，有初中班，你上不上？天哪！我做梦都想上学，想不到当了工人还可以上学，真是天大的好事！我当即表示，上！张主席笑了笑说，我替你报名，你去领上课本学习就行了。张主席走后，我兴奋的难以自制。我家让我辍学，工人的家让我上学。多么温暖、多么贴心啊！自此我认定，工会，我不离不弃的家。

一晃三年，我在"业校"学完了初中课程。一天，我碰到张主席，诉说"业校"没有高中班，以后上不成学了。他笑嘻嘻地说，你可以自学嘛！不懂的地方，可以问你们上过课的老师，也可以问技术员、工程师们。学问、学问，连学带问嘛！我豁然开朗。买了高中课本，一点点地啃。把不懂的问题写在小纸条上，见懂的人就问。问的次数多了，工程技术人员都熟了，一见面就笑问："今天拿什么纸条了？"

参加工作两年后，我的父亲得了一场大病，到兰州住院治疗。家里把值几个钱的东西都卖了，又向亲戚们借了钱，但还是不够治疗费。我特别发愁，突然想到了工会这个家。张主席听了我的诉说后，说写个困难补助申请吧，工会可考虑给你一些困难补助。几天后，张主席把补助的100元钱交给我。那时的100元可不是个小数目，及时解决了家庭的急难。这样知冷知热的家，我怎能不永远铭记呢！

不知不觉地，"文革"来了。那时，我已被提干，在矿务局宣传部工作。局工会的图书室被关闭。这对我这个"嗜书如命"的人来说，是个很大的打击。咋办？好在我和这个图书室管理员关系颇好。我找他商量，能否在晚上拿手电进图书室挑几本书读。他开始有些犹豫，但随即同意了。他给了一把图书室门锁钥匙，说你拿着，如进图书室，必须在后半夜。千万警惕，不要被其他人发现。就这样，"文革"十年，是我深夜读书的十年。这十年间，我把这个图书室能读懂的书读了个遍。像四大名著、唐诗宋词、《史记》、《古文观止》等经典著作，反复读了多遍，还仔细做了读书笔记。

工会，你领我前行，你解我愁难，你伴我成长，你给我最需要的帮助。这个"家"，对我格外眷顾。我对这个"家"，也格外依恋。至今退休虽已20年整，但这个"家"，永远在我身边，永远在我心中！

回望窑街

金河煤矿退休职工 王宁生

我们最宝贵的青年和中年时光都是在窑街度过的,回望我们这代人走过的路,那是一段说不尽写不完的激情岁月!每个人在人生最美好的年华里走向这里,这片土地用草木都不愿驻足生长的姿态接纳了我们,而我们无怨无悔的在这片土地上开始了人生的起步和几十年的奋斗。

我问过许多和我一样退休后在外地定居的同事:"你们在窑街工作几十年的收获是什么?"他们异口同声地回答:"去窑街时是一个毛头小伙,几十年的艰辛拼搏,我们活成了两三代的一大家人!"而且离开窑街多年的老同事,一提起窑街都是叙长问短,滔滔不绝。多年没有回过窑街的老同事都想回去看看窑街今天的面貌。我心里十分清楚,窑街并没有让他们迷恋的风景,他们想回去的心思是故地重游重温昨天的经历,想与昨天一起走过而又定居在窑街的同事聚聚畅叙今昔。通过和他们的交谈我明白了,远去的岁月里,或许有他们说不出的许多秘密,或许有他们没有挽回的一份遗憾,或许有他们没有触摸到的一份梦想,但他们都记着窑街,心中珍藏着一份难以忘却的厚爱。他们的言行更让我懂得了,人的一生,是从青涩走向成熟的经历,是生活的艰难与磨砺给予的馈赠,而不是你走过的或长或短的岁月。经历是一行行闪烁透亮的文字,而岁月不过是记录这些文字的空白纸张！

我是 1972 年 10 月走进矿工队伍的，到原窑街矿务局后，我们一行五十个人被分配到了二矿，一半人被分配到了掘进队，我们是被分配到采煤队的，当时矿上在搞"大战一百天，誓夺八十二万原煤产量"的"夺高产"活动，因运输队岗位人员紧缺，我们这二十几人便被临时借给运输队支援，就这样被有借无还地留在了运输队。那时的运输队承担着二号井和四号井的运输任务，地面及井下部分作业点还是人工推车。二号井是无极绳绞车运输，最辛苦的是上下车场的卡子工，每一辆装满原煤的矿车，都要挂上卡子使矿车和无极绳绞车的钢丝绳链接在一起，入井的矿车又要卸掉卡子，一个卡子重量三十斤，卡子工一个班装卸卡子双手要提动近十吨的重量。在 20 世纪 70 年代至 80 年代，四号井 1700 中段曾经是四号主井的主要运输平巷，平巷运输有两台电机车，承担把地面放下来的空矿车拉运至煤仓口装上原煤，再把装满原煤的矿车拉运到中段井底提升车场。

到运输队报到后，我被分配到四号井的 1700 中段，井巷中段的名称是用海拔高度数字命名的。第一次下井，心里有一种胆怯的惶恐又有一种好奇的兴奋。沿着副井湿滑的人行台阶到达上班地点后，我才知道宽敞的运输井巷是碹石砌筑的永久性支护，而且巷壁都是用白灰粉刷过，在幽深的地下和散落黑色煤屑的巷道底部形成黑白分明的反差。电机车运行的巷道和主要的行人巷道顶部，等距离地悬挂着矿用防爆日光灯，井巷里一片明亮，心里的胆怯和惶恐瞬间烟消云散。

初上班的几天，我被分到北大巷的煤仓口辅助装车和清理散落在轨道两侧的原煤，不几天又分配我去跟电机车。那时 1700 中段有两台电机车，一台电机车司机是郭振岐，跟车工是班长王满，另一台车的司机是王仰智，跟车工是李峰。李峰请探亲假回家了，我被抽调接替李峰跟王仰智驾驶的电机车。那年，王仰智二十岁出头，却是有着三年多工龄的老师傅。跟他车的第一天，他操着浓重的静宁方言告知我：电机车行驶中一定要坐稳抓紧护栏，身体的任何部位都不能露出车体的外沿，车没停稳不能随意上下，以免发生意外的撞伤。也就是从这天起，在我所处的班组里，我首先对他有了信任和依靠感。

那时，我们班里有 8 个人，后来又增加了一台电机车，人员随之增加为 10 人，电机车司机相继调换为郑石平、郝庆文、凌永昌等人。10 人里面有 1 个人年龄最大二十七八岁，其余都是十七八岁或二十出头风华正茂的年轻小伙子。这些分别来自不同地域的男子汉，像是一株刚出土的幼苗，从故乡的土地上移栽到窑街这片土地，并肩地排列在了一起，开始了各自的人生之旅。

那时，我们每个人都似一朵纯净绽放的花蕾，坦坦荡荡地展开自己，在没有任何装饰的平淡里散发着一袭真诚的芬芳。我们这群人如似没有受污染的泉水，带着母体里赋予的原始清纯，融入社会奔流的长河。10 多人的班组里，有来自上海和河南省的，有来自本省各个县的。和我在 1700 车场作业时间较长的有刘志仁、赵志义、高万术、康顺贤、姜喜印等。刘志仁是县城招来的知识青年，有文化、聪颖、机灵，不久被提拔为副队长。康顺贤考上原窑街矿务局职工中专，毕业后分配到机关工作。老班长王满是 1966 年从环县农村招来的，中等个儿敦敦实实，国字型大脸盘，额头下一双非常有神的大眼睛透露着一股威严，干活儿踏实认真、一丝不苟，哪里有事他的身影就会在哪里出现。他又是我们班的大力士，一只手可将一辆矿车抬起甩出轨道外或掀翻在地。他喜欢喝酒，半斤高度白酒对他来说只是先润润喉解渴，对看不顺眼的人和事，他会毫不留情地大声呵斥，发起脾气来似一头发怒的雄狮，你敢动嘴和他争吵，他就敢动手打你，但心里从不记事，脾气发过后他人还在气恼地喘着粗气，而他主动上前搭讪逗笑，像是什么事也没有发生似的。

井下作业的危险和辛苦是真实存在的。我们目睹过 1975 年 5 月 24 日皮带斜井二氧化碳突出事故抢救及遇难者安葬的全过程，1975 年 9 月 8 日夜班四号井透水事故就发生在我们的班次里，我们目睹了洪水吞噬生命及摧毁井巷设施的惨烈过程。面对死亡，我们一起哭过、纠结过、安慰过。但是，面对死亡，谁也没有退却或逃离。我们非常珍惜由农民身份转变为吃"皇粮"的工人身份的这份工作，常常用满足的口吻调侃自己的职业："干的是矿工的活，拿的却是比县长高的工资。"我们就这样在满足和热爱的心态里，抛弃了所有的恐惧及干扰，浅笑欢悦地坚守着自己的岗位。时光在四季交替里前行，而我们日复一日地从地面走向地层深处的井巷，再从井巷深处走出地面，单一地从事着自己的岗位作业，一天一天走过的时光，磨砺我们的心智渐渐走向了成熟，灵魂和矿山自然紧密地融在了一体。

我们是井下辅助作业岗位，运输井巷的作业环境要比采掘一线宽敞和安全，劳动强度也比采掘一线轻松得多。但这毕竟是井下作业，也有令我们苦不堪言的痛楚。矿井的进风是由运输巷道进入分送给各采区，为保障采区有足够的风量，主井井筒和运输主巷道的最大风速 6—8m/s。三九寒天里，巷道内刺骨的风流如针刺般狂袭裸露部分的肌肤，特别是井筒的道岔工和车场的挂钩工，一个班八小时要在冷风裹挟中度过。记得有次提升井筒矿车出轨，我顶风处理矿车不到二十分钟的时间，手脚就麻木得不听使唤了，脸上如刀刺般得钻心疼，吹的气都喘不上来。第二天耳朵灼痛又奇痒的流黄水，我去门诊所检查，说是耳朵冻伤了。那时特殊岗位每人都发有御寒劳保用品，如短棉大衣、棉帽和翻毛皮鞋。这些衣帽是我们从没有穿戴过的"豪华衣着"，大多人不舍得在井下穿戴，留着在地面穿用或寄回老家。上班穿的衣服只能是地面不穿退换下来的衣服，根本抵御不了井下八小时冷风的狂虐，好在那时我年轻力壮，将就着也就度过来了。

冬天的寒冷毕竟是季节性，更为难熬的是每月十天早班的起床和十天夜班三点过后的瞌睡。井下作业是早、中、晚三个班交接，早班是六点至下午两点，中班是下午两点至晚上十点，夜班是晚上十点至凌晨六点，十天倒一次班。上早班早上四点就得起床，起床后快速地洗漱完毕，直奔食堂去吃早餐，若时间来不及就买两个馒头，接着往浴室赶去更换工作服，五点钟要准时到达会议室点名开班前会，不能迟到。半个小时的班前会结束后，半个小时内要下井，赶在六点之前准时到达作业岗位。早班起床时间是瞌睡最香的时候，那时年轻贪玩，晚上迟迟不肯睡觉，有时躺在被窝里没有睡意就天南海北地"侃大山"，早上起床时就犯难了。钟表闹铃声骤然响起时，迷迷糊糊地意识到该起床了，但香甜的睡意占据着大脑的整个空间，没有睡醒的眼皮沉重地抬不起来，即使睡意朦胧地半眯着眼艰难地翻身坐起，还是想倒下身去再睡一会儿，哪怕是睡一分钟都是奢望，对于每晚睡眠不足而且要按时早起的我来说简直是一种难以承受的残忍。夜班下班是早上六点钟，拖着一夜疲惫困倦难支的身躯，双足沉重地踩在二十五度的湿滑台阶走出井下得三十分钟左右，浴池洗完澡更换衣服走回宿舍也得三十分钟左右，回到宿舍睡觉就到八点左右了。中午十一点半宿舍楼顶的高音喇叭就会准时响起，加上中午是一天中杂噪声最集中最强的，吵的不能入睡。下午如果不学习还有几个小时的睡觉时间，但这些睡觉时间却被我们挪用去逛街或看电影，白天睡眠不足，夜班三点过后眼皮就像铅一样沉重地抬不起来，有时扶着矿车站着都能打好几个盹。但我们一天天地坚持度过来了，每天平平淡淡的重复前一天的工作，日复一日、年复一年。

我们深知自己的岗位职责，心里没有任何非分的奢望，进入自己的工作岗位都是自觉细致、兢兢业业把八小时的工作做好，从不需要他人的监督或催促。我们清晰地知道，自己从事的岗位，平凡的犹如一粒煤不被关注，但我们的肌体里有煤一样发热发光的基因，不需要借助其他的能量就能燃烧。我们简单的就像井巷工作面的一根支柱，知道自己肩上承载的重量就是矿山明天的希望，忠诚坚强地承载起这份重量，才是一名合格的矿工！就这样，我们这代人接过前辈手中的接力棒，几十年的拼搏奋斗，矿山从最初的人工作业到半机械化，再到完全实现了机械化，而且矿井的各个系统通过不断改造更加合理完善，为接替我们的下一代夯实了坚固的基础。

初到窑街时，我们没有刻意的追求过任何东西，但当我们退出工作岗位后，我们才惊喜地发现，走过的这几十年竟是如此的灿烂。我们把人生中最宝贵的青年和中年时期的活力毫无保留地注入了矿山，矿山的持续发展和今天的辉煌里包含着我们付出的一份力量。

我们无怨，我们把青春时期最靓丽的色彩涂在了矿山的额头，矿山今天焕发出的勃勃生机就是我们的初衷！

我们无怨，在窑街这片厚重的土地上，我们从青年走到了老年，但我们收获了自己丰硕的人生，留下了我们这代人走过的一行足迹！

我们无悔，人生的追求不是刻意的要得到什么，而是应该在这个世界上留下什么！我们和前辈们用"特别能吃苦、特别能奉献"的精神并肩拼搏在一个堑壕，从心底发出了"宁让汗水漂起船，不让国家缺煤炭"的强劲呐喊，这喊声激烈地震荡在我们所处的时代天空，也载入了"窑街煤电"厚重的历史。

我们都是奋斗者，为了寻找生命中的光，终其一生，前行在漫长的征途上。回望昨天，岁月似一把锋利的刻刀，不知不觉中已在我们青春红润的两腮上，雕琢出了交错厚重的沟壑，并涂上了一层浓浓的苍老枯色。岁月的风霜又把我们曾经黑亮的两鬓，浸染成如雪般发亮的暮色。曾经的一位翩翩少年，曾经的一位风里追逐青春彩虹的青年，瞬间如冬日繁华褪尽后的一棵老树，伫立在岁月的风尘里，无奈地回望着身后远去而又无法唤回的昨天。只有静默回望的这个时刻，才会发现昨天的路上，许许多多的印痕已被岁月的风雨淋漓得一片模糊。有些，已经随岁月一同淡然地散去而无影无踪。有些，却像风雨洗涤后的一片森林更加郁郁葱葱。少年时代的天真烂漫、青年时代追逐彩虹的痴迷、迷惘里虚度年华的惋惜、博弈场上得与失的懊悔和狂欢等，当你用今天成熟的心智细细品味的时候，昨天的岁月里埋藏着一份不老的真情。一页一页地翻阅细读，那些已经泛黄的陈年旧事，苦涩的、甜蜜的，都会在你的情感里掀起一股巨大的浪潮，强烈冲击你心灵的堤岸，使你或喜或悲得泪流满面。

他，她，和他们

金河煤矿　王芳弟

　　Ta 是谁？ Ta 是父亲、母亲、丈夫、妻子、儿子、女儿……但他们有一个共同的目标——守护家人们的安全！逆流而上，义无反顾！这，就是英雄的模样；这，就是勇敢的逆行者！

　　Ta 是医护人员，是奋战在疫情前线最美逆行者。他们与病毒抗争、与生命较量，每一个有他们在的地方，都会有光亮，每一个有他们在的地方，都会有希望，他们是最可爱的白衣天使！

　　Ta 是警察，是隔离点的一道"墙"。面对突如其来的新冠肺炎疫情，他们第一时间响应号召，奔赴抗"疫"战场，他们 24 小时负责隔离点警戒，积极配合相关工作人员有序开展核酸检测工作，一次次逆行向前护民于安……

　　Ta 是党员，更是坚守检测点的卫士。党员志愿者们在核酸检测采样点维护秩序时说的最多的一句话："请自觉排好队，戴好口罩，打开健康码，每人间隔一米，看好脚下的黄线。"

　　Ta 是志愿者，维持秩序、为医务人员做好辅助工作，为确保全员核酸检测贡献"志愿力量"。

　　他们肩扛责任，冲锋在前，英勇无畏。他们也都是普通人，有父母妻儿，需要守护陪伴。每一位奋战在抗"疫"一线的他、她、和他们，只是众多抗疫一线战士的缩影。疫情当前，我们应当恪尽职守，克己自律，全面落实各项疫情防控措施，就是对所有奋战在寒风当中的英雄们最好的支持。

感谢每一位逆行而上的英雄，感谢他们守护着我们的家园，致敬英雄，我们一定能打赢这场疫情防控歼灭战！待春暖花开，愿山河无恙！

我与工会的故事

金河煤矿 王海燕

　　光阴荏苒，岁月如梭，我从一个普通的工会会员变成了一名女工小组组长，也从一个懵懂的工会活动参与者变成了一个经常参与工会各类活动的女工协管员，这期间不仅仅经历了角色的改变，也经历了对工会认识的巨大转变。

　　记得参加工作前，父亲给我讲过许多关于"职工之家"的故事，印象中，工会应该就是一个"家"一样温暖的地方。刚参加工作没多久，我领到了一个红色的小本——中华全国总工会会员证，成了工会的一员。随后的工作中，工会开展的导师带徒、技能比武、安全竞赛、送温暖、特色读书、文化体育等各具特色的活动，让我开阔了眼界，学到了不少的知识，这让我切实感受到了如家般的温暖……

　　再后来，通过身边的同事讲述与工会的点滴故事，以及和工会工作人员的接触中发现：他们不只是做这些事情，还要承担许多维护职工权益等工作。起初，我以为工会劳动保险办公室仅仅就是给工病亡职工遗属发放生活费而已，后来通过发生在邻居邵奶奶身边的事情，我才明白工会劳动保险的实际工作。听父母讲邵奶奶的丈夫在70年代初，在一次井下事故中遇难了，留下四个年幼的孩子，长大成人的四个孩子都在外地发展，留下年迈的邵奶奶独自生活。邵奶奶七十多岁时突发疾病，在与工会取得联系后，工会及时协调，给予邵奶奶企业大家庭的关心。这以后，逢年过节单位都会为邵奶奶送上慰问品和慰问金。我知道在矿工病亡职工遗属中，邵奶奶的事情只是工会在扶贫济困工作中的一个缩影。

不仅如此，最让人难忘的还有每年除夕前，工会都会组织我们早早到井口充电房热热闹闹的包饺子，等待一线职工出井，看到他们满脸煤尘拖着疲惫的身体走出井口，体会到了煤矿工人的辛苦与不易。当我们端着热气腾腾的饺子走到他们面前，他们露出了憨厚的笑容，看着一线职工们津津有味地吃着饺子，瞬间感觉这就是"家"的温暖。

不知不觉，在矿山工作已近二十年了，对于工会的印象，从陌生到熟悉，从一无所知到理解，从一个旁观者到参与者，无不感受到浓浓的工会深情。

坚定不移跟党走 履职尽责做贡献

金凯机械制造公司 张云

我们这一代，生在红旗下，长在春风里，人民有信仰，国家有力量。目光所至，皆为华夏；五星闪耀，皆为信仰！

记得 1995 年 6 月的夏天，蔚蓝的天空映衬着中国少先队队旗是那样火红、那样鲜艳。队旗下，老师为初入小学的我们系上了红领巾，我们也在队旗下宣誓：热爱中国共产党，热爱祖国，热爱人民，好好学习，好好锻炼，准备着为共产主义事业贡献力量！这为懵懂幼小的我们埋下了红色的种子，让我们知道：少先队员是中国共产党领导的，而胸前飘扬的红领巾是国旗的一角，是革命烈士用鲜血染红的。那一刻，我便暗下决心：一定要成为一名光荣的中国共产党员。

2002 年 5 月，春风情深意暖，花海流溢飘香，和着春潮，伴着夏韵，我站在庄严的宣誓台上，成为一名中国共产主义青年团团员。捧着墨绿色的团员证，我心情无比激动，立志时刻闪耀"共青团员"这一闪亮身份，用接续奋斗践行"请党放心、强国有我"的青春誓言。共青团作为党缔造和领导的青年政治组织，"党旗所指就是团旗所向"是成为我们当时一切工作的指南，并逐步开始以共产党员的标准开始严格要求自己。

随着年龄的增长，党的形象就像一座历史的丰碑越来越牢固地矗立在我的心中，时刻激励着我要成为一名光荣的共产党员。以此为目标，我始终执着地努力着。终于在 2016 年 8 月，我成为一名宣传党的方针政策的一线工作者，经常扛着摄像机深入基层，一个个小小的镜头，一张张定格的画面，一名名普通的共产党员，他们虽然没有豪言壮语，没有惊天动地的事迹，有的只是默默奉献、尽职尽责，用自己的一言一行塑造着新时代共产党员的光辉形象。

让我记忆犹新的是，2019 年的冬天，我接到拍摄公司厂区暖气管路改造任务的通知。当我赶到现场时，只见管沟里的积水约 40 厘米，铆焊锻造厂焊工李得全穿着长雨靴在管沟中艰难地弯腰行走。当时，管沟里的积水离雨靴沿只有 5 厘米左右，当他蹲下身子焊接时，冰冷的积水灌满了雨靴，整个臀部也全部浸入水中。施焊过程中，由于空间狭小，炽热的焊渣溅在他的胳膊上、脖子上，工作服和贴身衣服也被烫出一个个大大小小的洞。当他弯腰起身时，汗水和积水交织在一起顺着身体往下流。管沟里热气腾腾，地面上却飘起了雪花，衣服在僵硬和潮湿中变换，李得全和工友们依旧坚持焊接，直到傍晚时分，管道改造才完成。当他回到更衣室脱下雨靴和上衣时，小腿和脚上全是发白的水泡和泡涨的肉皮，胳膊和腰里全是小红疙瘩。他却若无其事地笑着说道："紧车工，慢钳工，不怕吃苦的电焊工。既然选择了这个行业，就一定要干好，更何况我还是一名党员呢！"面对急难险重任务，李得全师傅敢于往前冲，用自己的实际行动践行着党员的不悔誓言，用闪耀的"焊花"书写了精彩人生，体现了党员的先进性和纯洁性。

镜头转到 2020 年开年之际，新冠肺炎疫情突如其来，我也义不容辞地投入到疫情防控宣传报道之中。在繁重的疫情防控任务下，我公司机关党支部书记蔡吉玉吃住在公司，带领支部党员始终冲在疫情防控最前沿。在交谈中我才知道，当他在春节期间接到疫情防控任务后，主动放弃春节假期，花了两个多小时，跑遍了海石湾、窑街、民和所有药店，终于第一时间购买到了 4 个红外线电子额温枪、10 瓶 84 消毒液和 2 个背带式大喷雾桶。当他拖着疲惫的身体回到公司，顾不上休息，甚至来不及喝一口水，又第一时间和同事们对办公楼及公共区域进行了全面消毒。由于连续奋战，他明显憔悴了很多，黑黑的眼圈，眼睛里泛着红红的血丝，嗓子都沙哑了。但是，每当看到每天入厂的职工温度正常、身体健康地走向工作岗位时，他那黝黑的脸上无不露出欣慰的笑容，这是他最幸福的时刻。这种幸福的暖流穿过晨露、穿过黄昏、穿过静夜，浓缩成一个基层党支部书记的一颗爱企之心和竭尽全力为民服务的款款深情。

回首往事，从初入少先队时的光荣到加入共青团时的兴奋，从递交入党申请书时的憧憬到党旗下宣誓时的庄严，是党将我们生命中的几个重要节点贯穿起来，带领我们一步步从稚气的孩童成长为有所担当的"大人"，给予我们成就梦想、实现自我价值的平台。所以，当黎明还未托起朝阳，我们已经匆匆奔走在宣传的路上；当夜空掘落漫天星光，我们依旧趴在办公桌前撰稿、编辑新闻稿。因为我不仅仅是一名职工，更是一名光荣的中国共产党党员！

写给老公的一封信

三矿 贾孝玲

亲爱的老公：

你好！工作顺利吧？一切都好吧？

见字如晤。不知不觉间，我们已经相识 11 年，结婚快 8 年了，孩子越来越大，日子越来越顺，我们越来越好。在这个通信发达便利、信息日新月异、人人奔波忙碌的新时代，我依然想以最古朴传统的信件为媒、真诚为介，跟你安安静静地好好说说心里话。此时此刻，孩子睡了，你上班了，提起笔来，万语千言涌上心头，过往一切历历在目。

与君初相识，犹如故人归。记得我们同窗情谊整三年，正式交往时正值毕业之际，真是缘分太深，我们又分在同一个单位上班。闲暇之余我们一起聊工作、聊感悟、聊家人，分享生活中的一切，似乎总有说不完的话，你的真诚善良、正直阳光深深吸引着我，特别温暖、特别踏实。光阴似箭，时光如梭，转眼间相识、相恋、结婚的我们，孩子都快上小学了，一路走来我们相亲相爱，不离不弃，以真诚和信任经营着我们的家庭，迎接幸福的邂逅。幸福是什么？虽然每个人给出的答案不同，但我觉的幸福就是国泰民安、阖家安康，我们都好好的。

自古安全大于天，它关系着千家万户，国计民生，容不得丝毫懈怠和侥幸。煤矿是高危行业，安全是避之不开的话题。经历世事变迁，愈来愈深切感受到不管生命何其神圣，何其精彩，安全与健康才是前提和基础，愈来愈深切感受到家的分量、你的重要。每每听到看到新闻上的煤矿安全事故，我的内心就揪心揪心的疼。

2021年3月8日，我们科贝德三矿项目部的两名职工在五一风井上半段井筒维修打眼作业时，突遇巷道左边碴石垮落，致一人死亡、一人重伤住院治疗，它给背后的家庭带来不可磨灭的伤痛，更给我们带来无尽的思考。事发后公司上下都在全面排查、严肃整顿并出台制定了一系列科学有效的规章制度和保障措施。身为一名煤矿女职工又是矿工家属，我深知公司的安全离不开我们每位员工的不懈坚持和努力，深知你长期从事一线的电工、焊工工作无比重要，你肩上的责任如泰山一般。为了企业的发展、矿山的安全、家庭的幸福，希望你在工作中务必要严守安全规章制度，提高安全意识和操作技能，切实做好安全防护措施。务必严之又严、细之又细、慎之又慎，格外注意想不到、看不到的隐患。让我们共同努力，心里想安全、嘴上话安全、行为守安全，堵住百分之一的疏漏、千分之一的侥幸、万分之一的偶然，认认真真、兢兢业业做好工作的同时，保护好自己，保护好家庭，保护好企业。真心希望我们每天高高兴兴上班、平平安安回家、乐乐呵呵的生活。

家是最小国，国是最大家。今生有幸为夫妻，何其幸运之至。老公，在单位，你是尽职尽责的好员工；在家里，你是有责任感、细心体贴的好老公。我坐月子期间突遭父亲出车祸的打击，在我人生最艰难、最无助时，作为这个家的主心骨、顶梁柱，是你毫不犹豫地扛起重担，给我和家人撑起一片天，给了我们最可贵的真情、最坚实的依靠和最有力的帮助，而我们的家庭也在你的呵护下越来越温馨。

2015年1月7日，我父亲在上班路上遇到相当严重的车祸，两条腿和眼睛都不同程度地受重伤，进行了脾脏切除手术。车祸发生时正好是我坐月子期间，或许是冥冥中父母与子女之间心灵的无声感应，那天突然梦到平日健康壮实的父亲与笑眯眯地朝我反复叮咛着：以后要好好保重好自己，照看好孩子，照顾孝顺好母亲，把孩子培养成为一个对国家有用对社会有益的人。从清晰无比的噩梦中哭醒之后，我马上给父亲打电话，但是一直都没有人接，惊慌失措的我好不容易打通母亲电话，母亲声音嘶哑地说，没事没事，可能你爸上班匆忙，手机没拿或工作没听见。最后，还是表弟把这个晴天霹雳告诉我，当时我难过的直哭，手足无措，是你陪在身旁一直安慰着："没事，别怕，有我在呢。"安抚好我和孩子之后，你立即马不停蹄地赶去医院，24小时守在病床前精心照顾我昏迷不醒的父亲，安抚着惊慌失措的母亲，缺钱就自己到处去借。后来父亲从兰州陆军总院重症监护室出来转院到我们这边的第五医院，那条腿在一周内又连续做了三次手术，把腿上的皮进行移植，父亲因麻药过敏，就那样硬生生地挺过来，一点都没有喊出声，又是你前前后后照顾着。这场意外，我们花费了将近18万元医疗费，撞伤父亲的那家人根本没有能力拿钱出来治病，整个治疗过程的花费全部是我们自己想方设法凑起来的。

父亲是一个善良、乐观、豁达的好人，也许终是好人有好报，住院期间医生都说腿受伤将来可能需要终生坐轮椅，眼睛也有可能会失明，但是父亲手术很成功，除切除脾脏，切除肠子3至5寸，现在看着完全就像一个正常人，这一切归功于你的精心照顾、无私付出。

人常说，夫妻同心、其利断金，我深以为然。经历那次非常时期非常严重的车祸后，我们夫妻同心协力、省吃俭用，很快还掉了欠下的所有外债。你常念叨一句话：钱都是身外物，平平淡淡才是真，安安全全就是福。老公，真的非常感谢你，感谢你在那段最艰难的时期暖心陪伴着我，感谢你一直以来默默地关爱我、支持我。人与人要有很深很深的缘才能结为夫妻，钱多钱少不重要，再苦再难我愿意，风风雨雨我不怕，今生有幸在一起同甘共苦，便是最好的福气。不管多苦多累，家永远是我们最温暖的港湾，是你最坚强的后盾，我们一起守好安全之门，共度春夏秋冬。

最后，希望你安心工作，一切都好。记得少抽烟、少喝酒、少给自己压力，多保重身体、多孝顺亲人、多注意安全。家里的事、孩子的事有我呢，别分心、别担心。我性子急，有说的不对、做的不好的地方以及你工作中不顺心的事，你都别憋在心里，夫妻间沟通交流很重要。一生很长，愿我们永远不分对错、不论是非、不生闷气、不闹情绪，执子之手与子偕老，家庭是朵幸福花，夫妻浇灌美如画。愿我们的家庭美满幸福，愿我们在各自的工作岗位上有所成，愿我们的煤矿永远安全。

絮絮叨叨这么多，纸短情长，就此搁笔，千言万语，祝安好！

我和孩子天天等着你平安回家。最后，也衷心祝愿我们的矿工兄弟都平平安安，家家都幸福安康。

爱你的妻子玲

2021 年 12 月 21 日

守护安全

海石湾煤矿 晁长兰

亲爱的工友们：

你们好！曾几何时我听到过这样一首歌："是谁在黑夜点亮星辰，是谁在寒冬呼唤春风……心似火样热，手中捧光明，巧入虎穴擒虎子，深深地层施展本领，好样的，好样的，窑街煤电人……开拓是硬汉，创业是功臣，创业是功臣。"每每听到这激昂的韵律，我的眼前就会浮现出这样的场景：你又披星戴月，走上了井下的工作岗位，带着家人的牵挂，还有期盼和祝福，在千米井下，深深的巷道辛勤劳作着，矿灯像天上的星星在闪烁，攉煤架棚、打眼放炮、文明生产，深深的掌子面上有你劳动的身影。这不是《平凡的世界》里孙少平劳动的场面嘛，工友们，这也是你们日复一日辛勤工作的真实写照。井下阴冷潮湿，你们无怨无悔，大滴大滴的汗水流淌在你们黑黑的脸上，你们用胆识和智慧抵御一切侵害，乌黑的煤炭闪闪发着光被源源不断地拉上皮带。

工友们，当你在井下挥汗如雨、紧张工作的同时，你可知家中的父母、妻子、儿女怎样牵肠挂肚，盼望你平安归来？你每天上班出门的时候走出的不仅是你自己，还牵走了家人的心，因为你是家中的顶梁柱，是父母、妻子、儿女的靠山。正因为你是一名煤矿工人，安全对于你格外珍贵，每次你去下井，家人都会做好一桌饭菜等你快点回来；每当你晚归，家人心中焦急万分默默为你祈祷平安；每当听见矿上发生事故，第一时间出现在井口的还是家人。所以，工友们，请在工作中一定要记得，家里有人盼着你天天能平安归来，高高兴兴上班去，平平安安回家来。平平淡淡才是真，安安全全才是福。

工友们，人的安全是个人、家庭、企业发展的基础，人的生命大于一切，高于一切。在我矿高质量发展的今天，安全更是基石，也是我们幸福生活的基本保障。安全不是我们纸上谈兵的夸夸其谈，安全更是你我真真正正的实际行动。我们要注重个人素质提升：加强学习岗位专业知识和操作技能；积极参加矿组织的各项素质提升活动及培训；学习安全生产标准化管理体系，干标准活，上标准岗；管理精细化，操作精准化。工友们，希望你们每天走上自己的工作岗位，都能用心的问问自己："今天的我安全吗？"因为守护安全，只有你自己才能做到，守住了你自己的安全，就守住了千千万万你我他的安全。在煤矿这个特殊的行业里，安全关乎你的生命、关乎家庭的幸福、关乎企业的发展，所以，守护安全就是我们义不容辞的共同责任，只有你牢牢地守护住了自己的安全，你就守住了企业这个大家，也守护住了你们自己的小家。

守护安全，人人有责。工友们，"事故"这两个字太沉重，它压在我们的心头使我们无法畅快地呼吸，为什么煤炭行业的警钟一响再响，却仍然有伤亡事故一出再出？因为还有工友认为发生安全事故是自己运气不好，安全意识淡薄，思想麻痹大意，总是抱着侥幸心理，认为事故不会发生在自己身上。你是否明白，一起安全事故的发生，对于一个企业来讲，损失也许是可以弥补的，可对于一个家庭而言，却是一场天塌地陷的灾难。难道你真的就愿意面对那日夜期盼你平安归来的白发父母，难道你真的就忍心撇下那爱你、疼你的妻儿吗？你不愿意，你不忍心。那么工友们，请你在工作时按章操作、规范作业；请你多学习操作规程、岗位知识；请你多参加技术培训、风险源辨识会；更请你吸取事故教训、杜绝三违。"安全生产，以人为本。"在矿组织的各项安全会议上，领导们反复强调"安全第一，预防为主。"作为我们工作在一线的矿工，我们在工作中应如何保证安全生产呢？我们要具备良好的综合素质，严格按照制度、规程要求进行操作，按照安全生产标准化规范工作，按照岗位责任制规范自己行为，认认真真、兢兢业业搞好本职工作，确保自身安全。我们每一名矿工若能时刻提醒自己，从细微处做起，形成一种安全习惯，一种安全风气，安全的屏障就会不断巩固，家人的幸福就会不断延伸。有了安全，我们才能漫步在夕阳西下里；有了安全，我们才能去攀登人生的阶梯，放声高歌；有了安全，我们的企业才蒸蒸日上，红红火火。安全它就是一颗光芒四射的太阳，照亮我们整个人生；安全它就是一根长长的纽带，维系着我们的生存。

安全，就是掌子面上正规循环作业，机器设备的正常运转，皮带正常的拉运输出；安全，就是妻子温柔的笑脸，儿女依依的期待，母亲虔诚的祈祷；安全，是你扬起的帅气的脸，更是千家万户的幸福。安全工作没有终点，只有起点。生命只有一次，对每个人来说都是最宝贵的，只有注意安全才有平安，有了平安才有和睦的生活，才有美满幸福的家园。但因为有些人的疏忽大意、违章作业，造成悲惨事故的发生，这是对自己宝贵生命的轻视，也带走了家庭的圆满、亲人的笑容，只留下悔恨和泪水。想要守护生命，就要按照质量标准化要求干好每一件事，永记生命就掌握在自己手中，所以你要时刻注意安全，记住你的平安就是全家的幸福。

工友们，每对父母都希望你能时时刻刻提醒自己，从细微处做起，将安全操作养成习惯，挑起家里重担；每位妻子希望你能时时刻刻提醒自己，安全是一份责任，更是对自己和爱人的承诺，撑起家里的天；每个儿女希望你能时时刻刻提醒自己，安全是牵起你和他们小手的线，牵起他们的前程和人生。

工友们，安全就像我们赖以生存的空气和水，弥足珍贵，请珍惜它、守牢它，愿安全与你们同行，愿所有工友们都能平平安安，愿每个家庭都能幸福常伴！

展巾帼风采 抒奋斗情怀

——谈集团公司庆"三八"线上文艺节目演出感想

集团公司工会 李曙红

　　集团公司工会持续多年组织举办的庆"三八"文艺节目演出，作为每年富有仪式感、参与感的文化大餐，不知不觉已经从单纯的一场演出活动升级为职工群众喜爱参与、相互比拼、争相谈论的文化传播话题。今年的庆"三八"文艺节目演出，因新冠肺炎疫情影响，采用了录制视频、线上展播、大众投票的创新性方式进行，本以为会大大减轻工作量，但从前期的策划编排、多机位录制、剪辑编辑，到后期的平台创建、上传编发、数据监测等各项准备工作都非常繁琐，无不凝聚着所有参演职工和工作人员的辛勤付出。

　　这场文艺节目演出要求以"争当排头兵·筑梦新时代"为主题，以展示各个单位、各个岗位女职工坚守与创新、传承与奋斗精神作为创意发端，紧扣时代主题、饱含家企情怀，节目内容要出新、接地气，体现艺术美感，突出创新感与特色感。在对 12 个参赛节目反复观看后，给了我一些思考和启发、感动和力量。

　　我在想，诸多深耕中华优秀传统文化的节目，不仅是在舞台上绽放绚丽多彩的文化魅力，而且为观者在带来精神愉悦的同时提升了文化素养和文化自信。正如今年北京冬奥会开幕式和闭幕式上那"忽如一夜春风来,千树万树梨花开"的诗意,"舟行碧波上,人在画中游"的意境,"会当凌绝顶,一览众山小"的自信,"海纳百川,有容乃大"的包容,"路漫漫其修远兮,吾将上下而求索"的追求,"开幕迎客松,闭幕折柳送"的情谊,"开幕二十四节气,闭幕十二生肖"的大气……"中国式浪漫"有头有尾,贯穿始终,给全世界留下了深刻印象,让我们在震撼中不断自豪,不断感动,不断落泪……这是中国文化元素同我们精神的情感共振,我们要从中感悟,深思传承弘扬窑街煤电企业文化的深远意义,触动创作编排独具企业文化特色精品节目的思维转化。

舞台演出是综合性艺术,好的构思,好的创作,好的表演,是编排构建和演员自身经验的融合。从这次参赛的 12 个节目看,每个节目都有创新、有亮点,但也有不足。比如,情景剧《我的爱对你说》,紧扣时代主题和矿山生动实践,通过讲述"煤二代"和"女工协管员"之间的矿山故事,编排将诗朗诵和舞蹈串联,前后采用歌舞,形式整体表现较好,传递了呼唤安全、守护家园、收获幸福、憧憬未来的美好心声,但演员在表达情感的真挚度和细腻感、表现力等方面与剧本情景融合欠佳,舞蹈动作略显生硬,代入感不强;蒙古舞《蓝天白云下·爱在草原》,通过蒙族姑娘小伙为边防战士披上亲手编织的羊皮袄情节,用真挚的情感和朴素的情怀展现了军民一家亲的意境。作品积极向上,极具地域民族文化特色,节奏感强,观赏性高,演出了较高水平。演员表情丰富,感情表现自然,背景画面流畅唯美,但结合活动主题不够紧密,职工受教育面不广,融入企业文化元素较少;情景剧《爱的寄托》,以新入职大学生职工与父亲对话交流的形式,围绕"矿山传承",展现了大学生职工扎根矿山、勇挑重担,为企业发展奉献无悔青春的决心和信心，传递出一份厚重的接续力量，但节目原创性不足，整体内容略显单调，结合工作实际再穿插一些元素会更有说服力；情景舞蹈《激扬青春》，将学生时代的青春梦想与融入企业的责任担当进行了较好的结合，情节编排有一定的艺术感染力，如果适当融入一些语言内容，会使节目美好情感追求的丰裕度更加生动……

为此，我深刻体会到要让集团的文艺节目不断地出彩出新，切实增强传承弘扬"开采光明、传承文明"的企业文化精髓，就一定要在每一次活动后，带着一份责任感和使命感，多层次、多角度地深度挖掘。对于今后集团文艺活动的努力方向，我大致有以下三点建议：

要深挖节目编演的原创性。不论过去还是现在，独具企业特色、职工喜爱的文艺节目都有其永不褪色的价值。我们要善于结合新的时代条件，深挖节目编演的创造性和创新性。从集团过去几年庆"三八"文艺节目演出中《等你回来》《煤海追梦人》《向窑街煤电献礼》等优秀节目，再到今年的《我的爱对你说》等优秀节目，这一个个原创性较强，驻扎在我们内心深处的情景片段，成为传承企业优秀文化的生动案例。

要加强与职工间的粘合度。一直以来，企业文化是激励广大职工群众奋勇前进的精神力量，而歌唱家国情怀、家企情怀、礼赞劳动者也一直是文艺创作的永恒主题，也是最动人的篇章。从建企五十五周年、六十周年文艺节目中的《脊梁》《你爱矿山我爱你》《窑街记忆》《崛起》……再到近几年"安全生产月"中的文艺节目《情系安全铸荣光》《安全弦生命线》等，这些历经时间沉淀，却依然让我们记忆犹新的优秀作品，是以其创作的独特视角、丰沛的艺术感染力，真正让发生在我们身边的故事走进了职工的心里，产生了情感的共鸣。

要创新文艺节目的表现形式。近几年来，我们举办的多场文艺节目表演质量越来越好，这离不开集团公司对职工文化工作的高度重视和深切关怀。我们身处的是一个文化大发展、大繁荣的新时代，广大职工群众对美好生活的向往，尤其是精神文化的需求越来越多。我们服务的职工队伍越来越大，涌现出的劳模先进典型越来越多，这就需要我们去歌唱、去赞美，需要我们不断创新表现形式，来展现多样化的题材和内容。在全公司各条战线上，我们有一大批尽管不专业，但却热爱文艺创作、编排表演，热忱挖掘好故事的优秀文艺骨干，相信只要我们共同努力，就一定会向广大职工呈现出更多形式多样化的精品佳作。

今年"三八"节这场线上文艺节目演出，广大职工总体上反映较好。虽然缺少新意不尽完美，还有很多遗憾，但带给我们的时代思考和前进信念却是非常值得的。

欣逢新时代，踏上新征程，未来的路还很长，我们心中要有梦和信仰，有诗和远方。来吧！窑街煤电广大喜爱文艺的职工朋友们，让我们一同紧跟时代发展，用深邃的思想品鉴有温度的文艺作品，用生动的故事讲述窑街煤电人生产生活的劳动实践、反映企业发展的文化风尚，让彰显信仰之光、传递崇高美德、凝聚窑街煤电力量的文艺之花绽放得更加绚丽多彩。

享受工作 快乐生活

——窑煤儿女的幸福说

固废物利用热电公司 张卓

煤矿工人，一群看似微不足道的普通人，用他们那一双双长满老茧的、粗糙的、从来没有洗干净过的双手，给了诺大一个中国以光和热。1958年，这群人把一颗璀璨的明珠，镶嵌在了弯弯的大通河畔——窑街矿务局成立了。从呱呱坠地到咿呀学语，从步履蹒跚到大步流星，这颗明珠璀璨的光芒，包含着多少窑煤人的辛勤汗水啊！半个多世纪的风雨兼程，说不尽的坎坷沧桑，那些曾经站在浪尖潮头奋勇当先的矫健身影，如今都成了我们的父辈，他们把振兴窑煤的接力棒传到了我们的手中。

接过这根沉甸甸的接力棒，心中百感交集，我生在窑煤长在窑煤，看惯了父辈们黑黑的脸上一笑露出白白的牙，看惯了他们春夏秋冬一身破棉袄的样子，从小耳濡目染的都是父辈们艰苦创业、励精图治，一步步绘制蓝图的艰辛过程。历史的脚步从未停歇，发展的步伐毫不疲倦。一转眼已是64年，有多少艰辛，有多少悲壮，有多少感动，有多少梦想，有多少光荣，都已经深深地镌刻在了窑煤人的心中，写进了窑煤发展壮大的历史画卷中。

1998年，作为窑煤儿女的我进入热电厂工作。那时的我脸上洋溢着纯真，怀揣着要干一番事业的热情，踏入了热电厂的大门。映入眼帘的是一番热火朝天的建设场面。厂内堆放着各种不知名的设备管道材料，地上纵横交错着长短深浅不一的管沟，机器轰鸣，钢花四溅，人声嘈杂，各种声音此起彼伏。我们这群刚出校门的小青年在负责人的带领下也迅速加入了这个建设大军，挖管沟，拉电缆，搬运材料，手上磨出了水泡，浑身上下酸痛难忍，但谁都没有一句怨言，因为我们心中有梦想——一个窑煤人的发电梦。

时间一天天过去，基础建设陆续完工，我们也进入了不同的车间，我被分配到了化验室。虽然已经学习了很久的化验理论知识，但进入岗位还是觉得一头雾水，理论和实际差距竟然这么大。于是，下现场、查资料、找师傅，一遍遍地实验，一遍遍地校核数据。那些加班延点的日子是我记忆犹新的，写到这里，我竟然有点被自己感动了。

接下来的日子，欢笑伴着泪水，挫折伴着荣耀。1999 年 9 月，锅炉水压试验取得一次性成功，12 月，一号机汽轮机扣盖一次成功；2000 年 9 月，全厂授电工作全面完成，10 月 22 日，国内第一台 130t/h 循环流化床锅炉一次点火成功；2001 年 4 月，一期工程第一台机组正式并网发电；2002 年 12 月，二期工程第二台机组正式并网发电；2004 年 4 月，三期工程破土动工；2006 年 10 月，第四台机组并网发电；2012 年 10 月 5 号，炉建设进入试生产。至此，热电厂装机容量达到五机四炉；2020 年 12 月，第二台机组投运后，先后对主要辅助设备进行了技术改造，改造项目多达 22 项，被中国煤炭加工综合利用协会评为 2003 年度国家科技成果二等奖。劣质煤发电五台炉产生的粉煤灰就近输送到水泥公司，炉渣运往金能公司，这一切我都亲身经历，莫名地感到骄傲和自豪。

但是，前进的道路怎么会一路平坦呢？ 2012 年煤炭市场寒流滚滚而来，窑煤的生存发展面临着前所未有的挑战，我们的梦想实现，但未尽如人意，有的人还在埋怨收入还不够高，房子还不够大，工作还不够好，但与自己的过去相比，梦想的旅程都早已离开原点，梦想的花朵已然开始绽放。于是窑煤人不停歇、不懈怠，逆水行舟、迎难而上。只要有信念，就不会被打倒。那些黑暗的日子我们咬紧牙关，有一种感情是互勉互励、共进退，有一种动力是唇齿相依、齐奋进，我们与窑煤共奋进。

我的岗位是平凡的，但我尽自己的力量接受着每一项工作，努力完成好每一项任务，虽然有时感觉千篇一律的工作生活没有目标，有时也感到厌烦，但我深知工作不只是谋生的手段，同时也是一个舞台，它是个人才华施展的天地，是个人理想实现的平台。我们寒窗苦读的知识，我们拥有的各种技能，都将在这个舞台上得到充分的展示。一滴水只有融进大海，才会有波涛澎湃的壮美；一粒沙，只有化入山脉，才会有穿云裂空的宏伟；一个人只有把自己的全部献给自己心爱的事业，他的生命才会在奉献中发出耀眼的光辉。做不成大树，就做一棵小草，为大地铺绿；做不成大海，就做条小河，涓涓细流，汇入大海。

回顾这一路走来，一片杂乱无章的空地上建起了厂房，建起了办工大楼，厂区绿树成荫，花儿绽放。我也从一个懵懂的小丫头变成了一名高中生的母亲，从一个职场小白成长为岗位骨干。其中有苦也有乐，既有享受工作成果的欢欣，也有遭受挫折的苦恼，既有刚踏上工作岗位的懵懂，也有逐步走向成熟的喜悦，既体会到了工作没有做到位的失落，也感受到工作被认可的欢喜。我想，这应该就是主人们的责任感、自豪感、归属感的集合吧，这应该就是每一位窑煤儿女的成长经历吧。

　　常常有人问，人为什么活着？最简单的回答便是人为了幸福而活着，同时幸福的定义又有很多，有的人说幸福就是及时行乐，有的人说幸福就是工作与生活的平衡，还有人说幸福就是拥有好的社会地位和收入，总而言之，幸福就如同莎士比亚笔下的哈姆雷特一样，一千个人就有一千种观点，而我觉得幸福就是享受工作，快乐生活。

　　我们都不完美，但都可以通过自己的努力让自己更完美，一份耕耘一份收获，努力工作给我们带来物质回报的同时，确实也带来了精神上的收获，虽然在劳动的过程中，我们不免抱怨烦恼，心情郁闷，但当事情过去后再回首，或许这其实也是一个修炼心智的过程，正是因为有好多好多这样的抱怨和烦恼，我们才逐渐变得成熟，变得稳重，变得能独当一面了。

　　未来无数个微小如我的窑煤人叠加，必将汇聚成汹涌的力量，勿忘昨天的苦难与辉煌，无愧今天的责任与使命，不负明天的梦想与追求，我的命运与窑煤的命运已经密不可分了，在以后的道路上，无论是阳光还是风雨，我都会执着坚定、努力进取，我已经把自己最美好的青春献给了窑煤的发展，我想我的往后余生也一定会与窑煤同呼吸共命运，让我们把窑煤人的那一种精神，那一种信念，那一种魂魄，深深地融入我们的血液里，融入窑煤发展的巨浪中，融入我们安定团结的幸福生活中，在平凡的岗位上燃烧青春，绽放光芒。

　　这就是一个窑煤儿女的幸福说。

窑煤印象

技术创新中心 肖园园

在外工作的那几年，疲累多梦的夜里，常常会坐上颠簸的金杯车，循着海窑隧道外的那条旧公路，时而从车窗向外俯视险仄的享堂峡里湍急的水流，时而望着对面沿着高耸陡峭的岩壁开凿出来的火车道上，一列冒着白烟呼啸而过的运煤车，一路梦回窑街矿区。

那时候矿区的天空经常是灰蒙蒙的，空气里弥漫着煤尘略带呛人的味道，街道两旁的行道树、楼房上经年累月都蒙着一层煤灰。新修的柏油路，很快就被运煤大车碾得坑坑洼洼，路牙两边常年积着煤尘，任凭怎么打扫都不会干净。走在路上是深一脚浅一脚的煤灰，遇到下雨天，一不留神可能会两脚深陷煤泥，费点劲儿才能拔出来。有时候，正走着车辆从身边驶过，从头到脚会被溅起的煤泥浆一通洗礼。匆忙赶回家去要仔细清洁一番，却发现这种脏已经渗入衣物、鞋袜的纤维里，怎么搓洗都不会干净。如若是浸入面部、手部皮肤纹路里的煤尘，要过很久才能清洗掉。犹然记得在煤矿下了近30年井的父亲，退休后很多年，那双藏满煤灰的手，才真的洗干净了。

因为从小生活在矿区附近的缘故，对煤矿工作的艰辛、危险早已耳熟能详。在煤矿上班的父亲，是我们一家人的挂念。父亲在井辅队干了近30年，夜中早三班倒。作为家中最小的孩子，我显得更为关心父亲的安危。从记事起，父亲上下班的时间，我都了然于心。如果哪天父亲下班晚一点，我的心就会早早提到嗓子眼儿。到了父亲该下班的点，我经常跑到路口，看着三三两两披着黑黢黢、打着补丁的破棉袄，头戴藤编安全帽，脚踩中筒胶鞋的工人们行走在上班或下班的路上。远远的，我望着父亲迈着腾腾的脚步走过来，心里的担子便不由自主地卸下来。父亲是家里的顶梁柱，父亲平安归来便是我们这些孩子快乐玩耍的定心丸。

那时候矿工家属大多都还住在低矮的土坯房里，一家挨着一家。附近的煤场也是一样，一个连着一个。煤场干活的人，女人包着颜色鲜艳的布头巾，男的戴着深色鸭舌帽，没有戴口罩和手套，站在筛网旁边不停地挥舞着铁锨筛煤，扬起阵阵煤灰以后，他们一个个成了"黑人"。站在山坡上一眼望去，山下面是一片黑乎乎的景象，干活的人和煤已经浑然一体。到了寒暑假，我们这些年龄相仿的孩子，提着篮筐相约到附近的小煤场外的矸石堆里淘"宝"。赤手空拳在一个个灰黑色的石头堆里扒拉半天，真能找到一块块乌黑闪亮的"黑金子"。我们把它们装进篮筐提回家，堆在门后，做饭取暖都用得到。有时候，我们会爬上那高高的似一座座小山的渣台，去寻找不一样的宝贝。只见矿车载着满满车斗的矿渣轰隆隆地倾倒下来，我们就赶紧扑抢过去，眼疾手快的能从中找到值钱的铁渣、铜渣之类的金属，把它们拿到回收站换点泡泡糖、瓜子、沙枣之类的零食，能让我们欢乐好一阵子。

印象最深刻的还是蒸汽火车。火车的铁轨下面垫着的枕木很多还不是水泥轨枕，而是实实在在的木头。那些枕木历经风雨依然静静支撑着铁轨，坚韧而顽强。轨道上除了过火车，大多时候都是空旷寂寥的。到了上学或放学的时间，火车道会一下变得热闹起来。学生们三个一伙、五个一群地并排走在枕木上，说说笑笑，时不时地还把蹦到枕木上的碎石块，一个个踢回到枕木之间的空隙里，这样漫长的求学之路竟也不觉得枯燥。走着走着，从远处传来一阵火车"呜呜"鸣笛的声音，胆小的赶紧从火车道上飞奔下来，躲到坡下面的小路上，边走着边把衣领竖起来并捂住耳朵。胆大的孩子不仅不会躲开，反倒会在钢轨上摆上一根根铁钉，站在轨道外三米开外的地方，等待着火车从上面疾驰而过后压成的一把把宝剑或飞刀。火车喷出的白色烟雾里，夹杂着许多细小的煤渣，窸窸簌簌从天而降洒落到很多人的头发上和脖子里，引得大家伸着脖子晃着脑袋好一阵抖落。

后来，走火车道上学的孩子们都长大了，一个个地分散在各地，行走至梦想的远方。彼时的我也对外面的世界心向往之，拎起行囊一走就是几年。在外漂泊的日子里，常常听到父母在电话那头不厌其烦地叮咛："娃儿，你在外不想待了，就回来吧，看看矿区现在治理得越来越好了。"

有一年夏秋之交，我回家看望父母。趁着闲暇我顺着进矿区的公路，一路走一路看。脚下是新修的路面，穿着橙色工作服的环卫工人不停地清扫，洒水车紧跟其后，把干燥易起灰的路面喷洒得湿漉漉的。运煤车道与主人行道分开，运煤车上都盖着防尘篷布，从路上经过时，几乎扬不起煤尘。走进矿区，一阵清风拂面而来，矿区里路面干净整洁，路的一边装饰着各式各样的灯笼，另一边的墙上画着栩栩如生的壁画，写着各种催人奋进的名言诗句，矿区花园也拆掉了围墙和栅栏，改造成了开放式景观，上下班的人们经过这里，都可以一览花园里四季变换的景色。上班的工人们穿着统一的工装，佩戴黄色安全帽，个个神采奕奕。走出矿区门口，昔日的居民区、沉陷区已然不在，取而代之的是一大片绿树葱茏的人造林，点缀其间的花圃、凉亭、小广场，吸引来不少老人在此跳舞、健身、锻炼，他们说这里现在是很多人歇凉、闲游的好去处。

沿路一直往前走到火车道上，整齐划一的水泥枕木一如守护的卫兵，崭新的内燃机车头，行驶起来动力十足，再也不会冒起浓浓白烟，沿轨道撒一路煤渣了。回到家，问及以前的邻居、伙伴，知道他们大多都搬到了海石湾的新建住宅小区，里面都通了天然气，洗澡、做饭、开地暖，随用随有，方便多了，清洁多了。

到了海石湾，从高楼上的走廊窗户向北远眺，看到海石湾煤矿半山上用水泥浇筑的"国家级绿色矿山"几个巨字，内心涌起一股暖流——现在的矿区是朝着绿色开采的方向迈进，把有序开采与环境保护有机地结合起来。抬头远眺，我注意到了黄土山上一撮撮绿色，山顶那片久违的蓝天、洁白的云朵，狠吸了一阵清新的空气，心里不禁感慨：总有人能扛起时代交付的重担，解决好发展中的难题，能奋力拨开灰蒙蒙的混沌，为这方饱经沧桑的土地和人民开辟出光明之路。也总有一群人，他们从不曾停止拼搏奋斗的脚步，勤劳乐观坚守岗位，勇敢坚毅地守望着未来。

矿山儿女的梦

三矿 王晓莉

劳动是梦想的土壤，是幸福生活的源泉。有梦想就有希望，有信念就有力量。世间没有一种美好生活，可以不经过辛勤劳动获得，瑰丽的生活梦想，没有苦干实干，也只会成为"镜中花""水中月"。矿山儿女用自己勤劳的双手铸就辉煌画卷，追逐着劳动美这个梦想，梦想展翅飞翔，美在行动，美在精神，也美在心灵。

听，嘹亮的歌声在百里矿区飘荡着，壮美的歌声在祁连山川回荡着……矿山的儿女，扎根在煤海深处，心曲共谱发展歌。浓厚的情感赋予了我们矿山儿女巨大的精神力量，这共有的歌曲，传递了时不我待的情思；这共有的歌曲，凝聚了奋发图强的心声。歌声中，煤海翻腾，滚滚乌金伴随着铿锵有力的铁轨延伸；歌声中，人舞春潮，红旗飘飘饱含着斩平崎岖的喜悦汗水。

作为一个矿山儿女，见证和亲历着我们窑煤集团在发展征途中风雨兼程，岁月峥嵘。一路走来，走过荆棘密布，有了"不到长城非好汉"的执着；走过风刀霜剑，有了"老夫聊发少年狂"的勇敢；走过暗涌起伏，有了"一蓑烟雨任平生"的洒脱；走过泥沼险滩，有了"大江东去浪淘尽"的旷达。凤凰涅磐后的矿山，有舍得，有获得。道路越走越宽敞，脚步就越来越沉稳；眼前越来越亮堂，目光就越来越深远。全体职工用辛勤的汗水把大地叩响，开采光明，采撷未来；用勤劳的双手谱写动人心弦的劳动者之歌。由此，我的梦想悠然而生：劳动最美，无上荣光。

回首往昔，雄心激扬；展望未来，豪情满怀，禁不住思绪万千。父亲是一名老矿工，三十多年与煤炭打交道。我参加工作后，父亲说，要珍惜现在的岗位，努力工作，为矿山建设担起自己的责任。父亲的话，深深地印在了我的脑海里。作为一名矿工子弟，我深深地明白了自己肩上的担子有多重。我要说，如果我是鱼，煤矿就是那辽阔的大海；如果我是鹰，矿山就是那广阔的天空。我与企业的关系，就是一滴水与大海的关系；我与企业的情意，就是绿叶对根的情意！为了企业的明天更美好，我愿意像我的父辈一样，默默耕耘，成为托起矿山希望的脊梁。把劳动当作最光荣的事业，用最美的双手，用最美的劳动，用最美的付出，将梦的基石，一点点垫起、垫实、垫高，托举起我们这个时代的"中国梦"；用自己的爱岗敬业，用自己的无私奉献，用自己的一丝不苟，用自己的任劳任怨，创造最美的劳动，圆好自己的美梦，让劳动美创造奇迹，让劳动美给我们带来无限的快乐和幸福。

党已为我们绘就了宏伟蓝图，指明了方向，吹响了号角。"中国梦"已在中国的大江南北悄然点起，所以，扯破嗓子不如甩开膀子，我们要在广阔的天地里弘扬劳动美的精神，传承劳动最光荣的美谛，使我们的追梦圆梦得以实现，为我们的美好未来谱写新的篇章。

我与窑街煤电同呼吸共命运

矿山救护中心 谢文鑫

　　春华秋实，岁月如梭，踏着时间的脚步，我们迈入了 2022 年。搭乘改革的快车，窑煤取得了突飞猛进的发展，这些成就的取得，是一代代窑煤人用汗水和智慧浇筑而成的。弹指一挥间，在我们的拼搏进取中，在我们的协作奋斗中，窑煤从小到大，由弱到强，实现了从美起来、富起来到强起来的本质飞跃，让在这里繁衍生息、安居乐业的每一名矿工子弟都真真切切的感受到了煤矿干净了、环保了、舒适了、先进了、安全了、有盼头了。

　　我生在窑煤，长在窑煤，工作在窑煤。从我的爷爷、父亲到我，一家三代人见证了矿山的发展变迁，每一代矿山人都有自己的梦想，他们的梦想朴实而单纯。在追梦、逐梦、圆梦的过程中，他们诚实劳动，勇于拼搏，为企业的高质量发展添砖加瓦。让我整理思路，跟随着长辈们的脚步，一起重温过去的故事，感受窑街煤电日新月异的变化。

爷爷的梦想：安家，老婆孩子热炕头

　　"要说干煤矿吃苦最多的还是爷爷的这代人。"还记得小时候，爷爷常常躺在阳台的竹摇椅上，边摇边抽着烟，给我讲他过去干煤矿的故事。

　　爷爷生在旧社会，是在苦水里泡大的，饱尝了世间的艰辛。爷爷 13 岁那年，生活突遭变故，平静的生活如同一个精致的瓷碗摔在石板上，破碎开去。曾祖父的病逝，让原本就不富裕的家庭更是雪上加霜，上学的爷爷不得不辍学回家。小小年纪，为了养家糊口，投身到窑街矿务局从事掘进工。他曾回忆说：那个年代工人积极响应毛主席号召，多流汗，深挖煤，为社会主义做贡献。那时井下工作面全靠人力铁锹攉煤，巷道都是木支护，有的巷道高度不足一米，大家都是趴着干活，采煤速度慢，产量低，而且安全事故频发，碰手碰脚更是家常便饭。可即使这样，爷爷和工友们经常在井下不知疲倦地干上十几个小时，累得浑身跟散了架似的也咬着牙坚持，就想着多出煤，多挣钱，为了一家八口人的生计忙碌着。说到幸福，那时候最简单也最纯粹——井下累上一个班，最惬意的事就是一家人围在一起吃饭，自己能喝口酒，睡个痛快觉。而实际上好些年爷爷都实现不了这看似简单的梦想，奶奶在老家农村守着几亩地，哺育着几个孩子，自己只能在这边一门心思地上班挣钱养家，看着别人家老婆孩子热炕头，心里真不是个滋味。后来赶上改革开放，条件好点了，终于把奶奶和爸爸们接过来住在矿区周边的小平房里，简陋的房间充满家的温馨。再后来条件又好起来，在老家盖了一套像样的的房子，有了自己的安居窝，当时真是很"牛掰"的事，他觉得这辈子最大的梦想实现了。

父亲的梦想：平平安安上班，安安全全退休

父亲1978年招工被分配到三矿从事井下电工，这一干就是30多年。因为工作认真、技术过硬，没几年他便被选拔为班组长。家里的生活又上了个台阶，家里逐渐添置了小黑白电视、洗衣机等当时高档电器。

与爷爷那辈人相比，父亲这代煤矿工文化程度有了显著的提高，但"睁眼瞎"还是占了不小的比例。那时候重效益，安全则是说起来重要、干起来次要、忙起来不要的东西，在父亲的记忆中每年都有工友因违章蛮干在井下丧命，不过好在自己离生产一线较远，安全系数较高，但每日下井仍小心谨慎，不敢有丝毫懈怠——最害怕工作环境不安全和身边的人冒险作业，害了大家。父亲也亲眼目睹了身边工友的生离死别，感慨较多。所以母亲叮嘱的最多一句话就是："在井下千万要遵章守纪、安全生产呀。"

谈及上班的感触，已经退休3年的父亲庆幸自己那时安全意识强，干了半辈子没受什么伤，好模好样地拿到退休证。谈到现在的矿区，父亲激动的说："现在好了，窑煤集团全面实现采掘机械化，听说又要推行智能化、数字化矿山，工作面要实行半自动化采煤了，还能取消零点班了，以前谁敢想啊！真是打心眼里高兴。"

自己的梦想：体面工作、幸福生活

2008年，我从甘肃省煤炭技工学校毕业，现在在窑煤集团矿山救护中心上班。转眼我已经在救护中心干了14个年头，接过了那展照亮家庭两辈人的矿灯，是不是很多人马上想起了繁重的劳动和危险的矿井呢？我可以坚决的回答："你们过时了！"现在的矿山早就旧貌换新颜，矿山地面处处花团锦簇、小桥流水。在百米井下，翔实而精细的各项管理制度把安全措施和防护做得十分到位，通过科学管理、系统优化、科技创新等处处展现安全生产标准化建设,安全非常有保障。矿井走向安全高效之路,安全度高了，效率高了，劳动强度低了，从井下到井上，和过去简直就是天壤之别。这就是新时代矿工的真实生活和体面工作。一路走来，我从最基层的救护队员逐渐成长为一名技术人员，并在矿区"定居"，组建了自己的家庭，有了可爱的儿子，每天脸上都挂着笑意、平平安安上班，高高兴兴回家，过着其乐融融的小日子，实现了"房子、车子、孩子"的人生小目标。

听着爷爷、父亲的讲述和自己的经历，脑海中浮现出一幕一幕的工作场景，像放电影一样演绎着窑街煤电的发展与变化，这一切都与党的领导密不可分。无论是从艰苦开采还是到黄金十年，再到如今的转型升级期，我们祖孙三代矿山人心中对给我们带来稳定而幸福生活的"您"仍然一往情深，不管未来如何，我们对"您"的感激之情永远不变，深厚感情无法改变。

在窑煤集团，还有许多和我们一样的家庭，祖祖辈辈在这片热土上繁衍生息、辛勤劳作，用不屈的精神和乐观的心态建设和改变着矿山的面貌，用知识和智慧诠释着人类的伟大。习近平总书记曾说，建成社会主义现代化强国，实现中华民族伟大复兴，是一场接力跑，我们要一棒接着一棒跑下去，每一代人都要为下一代人跑出一个好成绩。不忘初心，方得始终，不忘初心，才能砥砺前行。一代人有一代人的使命，一代人有一代人的担当。窑煤的发展，正是因为有些许许多多这样的"老年""壮年""青年"三代矿山人有爱党敬业的初心，不懈奋斗、薪火相传，才使得集团公司从筚路蓝缕的艰苦创业到只争朝夕的不断创新。

"平凡铸就伟大"，每一个努力工作的人都了不起。一代又一代窑煤人，在"工匠精神"的鼓舞和指引下，始终在各自的岗位上展示着"特别能吃苦、特别能奉献、特别能战斗"的风采。展望未来，我们窑煤人信心满满，我们将以更加饱满的激情，更具活力的举措，用担当铸就忠诚，用实干诠释使命，为窑煤救护事业发展奏响前进的最强音符。

写给父母的一封信

海石湾煤矿　刘文静

亲爱的爸爸、妈妈：

记忆中很少给你们写信，记得我上学时写过那么几封。虽然现在我能通过手机、微信随时随地联系到你们，但今天我还是想通过书信和你们说说话。现在的工作和生活总有这样那样的不如意，但每次和你们打电话时，心里面的委屈和难受却总也说不出口，每次都是对着你们的唠叨声漫不经心地"嗯"几声，然后以一句"你们也要保重身体"结束通话。今天用古老的书信方式和你们说说话，此时此刻，面对着纸和笔，我一时间思绪万千。

记得我第一次探亲回到家，你们仔仔细细地将我"检查"了一番，看看有没有变瘦，有没有生病，打量半天才松一口气，放心地给我准备了一顿丰盛的饭菜。而当我离开家时，你们将我的背包塞到再也放不下一件东西，对我千叮咛万嘱咐"出门在外一定要注意安全""工作时千万要小心谨慎"，甚至当我还没到达单位时，你们就已经着急地打电话联系我。你们就像黑暗中的路灯，守护我，关心我，让我时刻感受着暖暖的温情。

爸、妈，是你们赐予我生命，含辛茹苦把我养大，供我上完大学，陪伴我走过了 22 个春夏秋冬。虽然家里收入不高，生活不算富裕，但你们让我感到无比幸福，带给我很多别人无法体会到的快乐。我们之间的情感是用任何语言都无法表达的，在这里我要对你们说："爸妈，你们辛苦了！感谢你们的养育之恩，女儿不能常回家看望你们，希望你们谅解，在以后的日子里，我会尽可能多地回家来看看。我不在你们身边，你们要安全、健康、快乐地好好生活，这是我最大的心愿。现在的我工作了，不会再伸手向你们要钱了，你们不需要再那么辛苦了，不用再为钱着急了。你们辛勤操劳了大半辈子，余下的时光你们要好好休息享受生活。"

爸，我知道你闲不住，但是你年纪大了，以后不要再干那么重的活了。还有，尽量少抽点烟，不是我小气害怕你花钱，只是抽烟对身体真的伤害很大。妈，你每次为了能尽快把家务忙完，经常起早贪黑，过度操劳让你落下一身的病。每次回来看到你那银白的发丝，苍老的面容，真的好让我心疼，以后你可要多注意休息，爱护好身体才是我最大的希望啊！爸妈，咱家靠近马路，周围人多、车多，出门的时候一定要留心观察，互相照应，你们安全了我才放心。

聊了这么多，你们一定也很关心我的工作和生活吧！其实刚一到单位我就感受到了企业大家庭的温暖，领导和同事们都很关心我，照顾我，当我遇到困难时会尽全力帮助我。进矿后我们接受了专门的安全教育培训，之前发生过的那些事故震撼着我的心灵，我为伤亡者们感到非常惋惜，同时我牢牢地记住了血的教训，工作中严格遵守岗位操作规程，树立"安全第一，预防为主"的安全理念，做一名遵章守纪、安全生产的好员工。这是我对自己的要求，也是对你们的承诺，请你们放心。

现在我在矿上的选运队工作，承担着对开采出来的煤炭进行运输和选捡工作。在工作中，我结识了一大批可爱可亲的大姐们，她们给我教安全站位、岗位描述，给我说哪些是违章、哪些是蛮干，怎样去干活，怎样去省时省力……在这里，有完善的安全生产管理体系、安全生产管理制度、操作规程、应急救援预案、岗位责任制，这些我都已经熟记于心。所以，爸爸、妈妈，你们尽管放心吧，女儿工作的地方很安全。为了爸爸、妈妈，为了我自己，为了我工作的矿山，我会遵章守纪安全工作，做一个好女儿，做一个好员工，请你们相信我！

现在我经常参加矿和区队组织的各项安全培训和安全教育活动，我渐渐懂得了安全就是一把尺子，它衡量着每个人对它的重视程度，有的人一时疏忽，有的人安全意识淡薄，有的人明知故犯，最后换来的是血和泪的教训。我想告诉选运队的每位大姐，安全是一切幸福的源泉，它一头牵着每个人的生命，一头牵着家庭的团圆，是我们企业生存和发展最基本的条件。所以我们要在工作中，时刻提醒自己，上班一分钟，安全六十秒。

爸爸、妈妈，给你们说了这么多，就是想让你们放心，我们单位是安全生产的单位，我工作的选运队更是安全生产的先进集体，我也会用实际行动保证自己的安全。我会牢牢记住您二老的教诲"万事安全为重"。二老也要保重身体，做事不要太过辛苦，你们的健康平安就是我最大的心愿。希望我的爸爸妈妈身体健康、晚年幸福。

爱你们的女儿敬上！

女儿刘文静

2022 年 7 月 4 日

一封家书

金河煤矿　舒建琴

亲爱的爸爸妈妈：

　　这是我第一次给你们写信，尽管书信这种沟通方式现在已经很少使用，但是在元宵节即将来临之际，我还是想用这传统而朴素的方式来表达我对你们的情感。距离我离开家参加工作已经是第 23 个年头了，这 23 年来，从我刚开始的孤身异乡到现在组建了自己的幸福家庭。但，不论在哪里，我都始终牵挂着你们，想念着你们。

　　还记得当时大哥骑着自行车拎着大包小包把我送到车站，我心里既憧憬又有点担心，憧憬的是来到陌生的城市能靠自己的努力干出一番事业，但又担心离开了你们，我照顾不好自己。刚到窑街实习的那年，我认识了很多同事朋友，是大家的关心让我逐渐融入到窑煤这个大家庭中，也是在朋友的介绍下，认识了现在的爱人。

　　刚结婚那几年，我和爱人一起坐车回一趟家并不容易。春节期间，我们俩背着大包小包辗转好几趟车才能到家。每次回家，母亲总是会准备热气腾腾的臊子面，杀一只自家养的老母鸡，一顿普通的饭菜，在那个荒凉平崤的小山村里却显得是那样的珍贵和温暖。我每次回家帮你们干活时，母亲总是抢着不让我干，还说："辛苦上了一年班了，得好好休息。"但每次待不了几天，又得匆匆忙忙赶回去。临走前，母亲总是会把家里的鸡蛋装给我，说自家养的鸡，下的蛋，吃得香。然后还让我带上几瓶自家榨的麻子油。当车载着我们离开山沟时，你们总会站在家门口的那个山口上，一直目送着我们离去。当你们的身影消失在我的视线之后，我的心里便有一股伤感涌上心头。

等我有了小孩儿以后，我回家的次数也变得有些少了，很多时候打算回家的时候，总会被一些事情给耽搁。等好不容易回一次家时，我发现你们的身体也已经渐渐的不如从前了，干一点日常的农活，也总会歇息好久。天气冷的时候，母亲的腿疾就时不时会发作，我和弟弟商量干脆在镇上给你们买套房子，这样冬天也不会太冷。正当我们打算买房的时候，国家的精准扶贫政策来到了我们这个小山村，给我们家在镇上分了一套楼房，这样一来，让我一直放心不下的事情也得以解决。

记得当时我离家时，母亲时常嘱咐道："天冷要加衣，想吃啥就买，别亏欠自己，出门在外多留心……"父亲就在旁边一遍又一遍不停地检查着我的行李，然后目送着我的背影离去。如今我再次离家，你们还是望着我的背影远去，只是这背影又多了几分思念与牵挂。"明月有情应识我，年年相见在他乡。"虽然我离开了家乡，但家乡永远是我内心深处最深、最柔软的牵挂。不论身在何地，游子归乡，还是忘不了自己的故乡。我们曾经走过许多地方，遇到过无数震撼心灵的美景，但是没有一种景色，比灯火下闲坐的一家人，更令我牵肠挂肚。

"独在异乡为异客，每逢佳节倍思亲。"又到了今年的元宵节，我还记得小时候过元宵节，就是我最快乐的时光。元宵节是要拜老祖的，村里的人总在家里摆出圆桌，在上边摆上点心、麻花、花生等小吃。等到第二天，我和大姐小弟就大快朵颐了起来，现在回想起来，那些简单的食物吃起来竟是如此得美味可口。这大概就是人间烟火的味道吧，不需要什么山珍海味，只是参杂了家乡的屡屡气息，便是难得的人间至味了。

毕淑敏有言："父母在，人生尚有来处。"希望你们都能照顾好自己的身体，不论工作再忙，我也会带着爱人和孩子经常来看你们。

"今夜月明人尽望，不知秋思落谁家。"亲爱的爸妈，愿你们一切安好。

爱你们的女儿舒建琴
2022 年 7 月 4 日

传承好家风 凝聚正能量

金能科源公司 铁云梅

　　家风，这个熟悉而陌生的词语跃然纸上时，我思绪万千，忐忑执笔，只希望笔随心走，记录下记忆中那永不泯灭的丝丝暖意。

　　父亲、母亲皆为农民，辛劳持家。

　　随着政策扶持，前山村村民被安置到不同的地方，父亲为了缓解家庭的经济困难，借钱承包果园，学习经营知识。小时候，最多的记忆即是母亲在干完农活午休时，总要清洗背篓里我们的脏衣服。父亲，总是规划着一天的劳动任务，在阴雨闲暇时，父亲总跟着他人"炸金花"、喝酒、耍酒疯。每晚回到家中，父亲就是放大电视机声音看电视，等待吃饭。那天晚上回到家中，母亲只说了一句："你'炸金花'、喝酒是要给两个孩子凑学费，还是给他们做榜样？"

　　那一夜，父亲一个人坐在台阶上，抽着烟，一支又一支，烟雾缭绕，也似乎泪眼朦胧，静静的一句话也没说。还小的我们不知道父亲晚上何时入睡的，但第二天的父亲早早地就去了他的果园。从此以后，我的父亲不管别人怎样叫他，再不玩牌，也很少喝酒。哪怕到现在，他的孩子们都工作了，他也从不摸牌。现在想想，不知那一夜父亲下了多大的决心，为了我们姐弟俩，父亲这一辈子吃了多少苦，牺牲了多少。

　　央视新闻 2014 年年初推出了一档叫"家风是什么"的街头采访栏目，引发共鸣，一度让"家风"成了热词，群众纷纷点赞好家风。此刻，由衷感言：父亲，您是我的骄傲，您给了我一辈子也用不完的精神财富——劳动致富，勤俭持家。是的，在这个有些"精致的功利主义"的时代，"家风"俨然成了一个既熟悉又陌生的词语，每每提及，总有一种恍如隔世之感。一言以蔽之，家风之不传也久矣。

家风是一面镜子，折射出了一个家庭的文化。好的家风是一所学校，父母的言行举止都是孩子的表率，而从孩子的一言一行也反映出父母的综合素养。家风也是一条承上启下的纽带，"父之爱子，教以义方"。家风文化就是子孙后代在父母长辈长年累月的耳濡目染、潜移默化中点滴凝聚而成，反映了一个家庭或家族的风格特点和处事原则，是在社会上的立足之本。家风是一个家庭代代相传的规矩，是一种潜移默化的规则，它不需要列举，更不需要背诵，但是它需要我们去传承……

家风需要传承，能量需要凝聚。2015年5月20日，《人民日报》头版刊发了《谷文昌的家风》一文，号召广大基层干部从家风学起，让谷文昌式的好家风成为我们党永不褪色的"传家宝"。"清白持家，简朴本分，为民奉献"的谷家家风就是谷文昌言传身教、以身作则的结果。从谷文昌身上就不难看出，他简朴清贫，公而忘私，为民奉献的精神为谷家后辈树立了积极向上的标杆，他的"心中四有"也是所有党员干部永远的风向标，教导我们堂堂正正做人，踏踏实实做事，清清白白做官。

家风需要传承，能量需要凝聚。12岁农家少年张俊，8岁那年，爸爸因车祸身亡，妈妈离家出走。从此，他与年幼的弟弟和体弱多病的奶奶相依为命。"奶奶，我来替爸爸养活你""每学期必须拿到一张奖状，回去让奶奶高兴；在学校坚决不能犯错误，免得奶奶伤心"，这些是小张俊对奶奶的承诺，他希望奶奶快乐！在张俊的家里，熏黑的墙上画着一张评比表，上面写着张俊和弟弟张旭的名字，名字后面画的是五角星的图案。张俊说，平时他和弟弟谁帮奶奶干一件事就在谁的后面画颗星，每月一评比，看谁得到星星多。这个少年在用真心演绎孝的家风，孝根植我们内心，我们一直在传承！

家风需要传承，能量需要凝聚。历史上"孟母三迁""岳母刺字"，无不展现着良好的家风。"非淡泊无以明志，非宁静无以致远""莫贪意外之财，莫饮过量之酒"等教子良言、家风古训仍为世人尊崇。但如今多少富家子弟、官员子女啃老骄奢；多少人因为不想吃亏，争名誉地位甚至可能为争一个公交车座位而"斗智斗勇"；多少人为了利益而昧着良心制假售假……如果有严格质朴的家风，这样的事情会不会减少一些？

思绪飘飘，我的眼前总回想着妈妈的埋怨："你的孩子霸道得厉害。我领他去逛商店，他看上了一个玩具汽车，非要买，我当时没有给他买，他又踢又抓，弄得我很烦心。你有空好好收拾他一下。"此刻，我懊恼不已，但却又百般无奈，萌生一种愧对父亲的歉意。"子不教，父之过"，我们社会上不是时时上演着同我孩子一样的闹剧吗？的确，现在社会上许多家长都有这样的体会。因此，传承好家风，凝聚正能量，不光是我的家庭的需要，更是这个社会的需要。否则，我们只有守着孩子空悲切。

记录生活记录爱

三矿 豆红

亲爱的伟儿：

此刻，是深夜 11 点，一片寂静。窗外，深邃的天空犹如一块巨大的墨玉，调皮的小星星点缀其间，冲我使劲儿地眨眼睛，似乎在异口同声的问我："你好，是想你的儿子了吧？猜猜你的伟儿在干嘛？"嗯，他许是睡了，你瞧，碗筷睡了、家具睡了、台灯睡了，笔宝宝们也乖乖地躺在笔盒里，睡了。伟儿盖着蓝色草莓被睡了，嘴角带着一抹笑，许是梦里有吃不完的哈根达斯亦或可乐鸡翅……啊不，他还写作业呢，他已经是初二的学生了，功课比以前多了，他可能正在解二元一次方程，要么在默写英语单词，要不就是在预习明天的语文新课。你瞧，他站起来了，像小时候朗诵《少年中国说》一样慷慨地朗诵着李白的《将进酒》。嗯，又坐下了，拿起一颗牛肉干，嚼起来。接着又开始写作业，看神情，似乎是被数学题给难住了呢，看那在草稿纸上写写画画的样子，咦，难题好像被解开了，看那自得的笑……我的宝儿，一别 3 个月，遥寄相思。伟儿，你可知道，打你从四年级到临夏上学这几年，尽管高频次的电话、视频，但妈妈还是无数次地脑补你生活、学习的每个细节。

时光好不经用，转眼，你已经 1.81 米的大个儿。随个子一起长大的是你的本领，去年 9 月份，妈妈要听课，像往常一样打开电脑但没声音，妈妈企图通过查询百度解决问题，但对于本就是电脑盲的我，面对复杂的解决方案无从下手，以失败告终；又求助于同事，无果而终。各种折腾之后打视频给你，你边吃早餐，边询问指导："老妈，音箱上的开关开了吗？你看到开关上面那个黑色旋钮了吗？对，就是它，拧它！"问题轻松得到解决，你的云淡风轻让老妈对你刮目相看！不由的感慨，我的宝儿长大了，但妈妈眼前浮现的仍是你小时候的各种样子。妈妈上下班从动力厂经过，总是想起你自己第一次买烤肠的情景，你握着妈妈给的钱，站在小铺门前，瞅瞅几步外的妈妈，瞅瞅烤肠，我想你大概是不知如何开口，突然，你奶声奶气地对着铺子大声说："我来了！"卖烤肠的阿姨被你这种独特的打招呼方式逗乐了，她笑着边大声回应你："你来了嘛！"边给你穿好烤肠。现在，那些小铺已被拆除，但回忆还在昨天，且依然甜蜜；你上了小学，夏天，妈妈接你上下学时偶尔会"奢侈"地买个雪糕给你，你总是喋喋不休的告诉我雪糕外层上的巧克力是如何脆，如何美味，里面的芯儿又是什么口味……总是倔强的让妈妈尝一下；大概五年级时，你学会了从网上购物，花一块钱从购物网站上给妈妈买了一捆头绳，有黑色的单根细皮筋，有棕色的带斑点的宽条皮筋，有彩色带金属扣的，还有的配着绒球，收到货，你就迫不及待地打视频给妈妈展示，妈妈刚到家你就从中挑出你中意的款式要妈妈戴与发间。你总是"嫌弃"妈妈回家的路上车走的像蜗牛爬一样慢。直到现在，你还是会把奶茶带回家与妈妈分享，妈妈仍会讲起热天吃雪糕对身体的伤害，奶茶里的代可可脂多么不健康。你懂事的点头，告诉妈妈，会控制的，不多吃！

伟儿，3月21日是你14岁生日，中午，远在陇南武都的爸爸给我转发了你过生日的照片，多年没能陪你过生日的丝丝遗憾在妈妈心里不断蔓延，肆意增长。无奈于近期新冠肺炎疫情在全国多点暴发，积极响应号召，妈妈默默地又一次打断了回家陪你的计划，我分明看到了你眼里的失望，但你还是懂事的说："嗯，再等等，等疫情过去！"坚信阴霾会尽快散去，妈妈与宝儿的相见将变得简单，没有"隔离、报备、黄码"的日子即将到来！你的生日，妈妈唯有发朋友圈："没有你，万般精彩皆枉然！爱你！"你第一时间给妈妈点赞，我很欣慰，感谢你给妈妈爱的回应。你也许并不清楚，这是妈妈引用英国作家达雷尔·杰拉尔德写给自己妻子的一首情诗的标题，这位作家同时也是一位动物学家，所以，在他的这首诗中出现了蜂鸟、银鱼等动物，读起来饶有趣味，你有空，可以读读，借这首诗，表达妈妈对你千般的爱，你对妈妈而言，即万般精彩！

最后，我们来聊聊你的学习，不久前妈妈从抖音上刷到一位北大女生如何应对高考的看法，观点很是新颖：高考就像关灯洗衣服，只有在黑灯的时候，把每个面、每个角落都搓到了，就不怕开灯的瞬间。对，只有平时认真、仔细地学习每个知识点，耐心攻克每一个难点，就好比洗衣服时搓到了每个角落，等到高考，也就是开灯的那一刻，一定能拥有自己满意的成绩。说与你分享，愿对你的学习有所启示和帮助，"不积跬步，无以至千里；不积小流，无以成江海。"妈妈还不知道你的理想大学是哪所？没有关系，重要的是："道阻且长，行则将至，行而不辍，未来可期。"只要有梦想，眼里就有光，就会为梦想拼尽全力，拥有无悔的青春。长大后，才更有力量为祖国作贡献，回馈爱你的人。顺便告诉你，妈妈参加 2021 年全国中级注册安全工程师煤矿安全考试的合格证快递已送达。

　　宝贝儿，你还没出生的时候，妈妈就憧憬着，等你来到这个世界，我就一天不落的写成长日记给你，但各种原因，未能坚持，只有寥寥几篇，好在，还有妈妈写给你的信，记录点滴生活，记录我们母子之间爱的互动。唯有爱，是化解世间疾苦的良药。

　　就此搁笔。

　　思念如马，自别离，未停蹄！

爱你的老妈

2022 年 7 月 4 日

初心依旧 行而致远

固废物利用热电公司 严建生

　　说起与窑煤的缘分，要从我的父辈说起。那时为了生存，父亲随着村子里一批年轻人来到了矿区的小煤窑，在那个年代挖煤全靠手工。后来矿务局的成立，父亲成了采掘工人，每次回到农村，在言谈中透露着些许的自豪，与同村大队的其他人家相比，我们家吃穿不愁。那时觉得，要是我长大了，也在矿务局工作就好了。

　　俗话说，"天上尘，地下土，你选择什么样的方式就会拥有什么样的人生"。随着时代的变迁，原来的窑街矿务局在发展中不断壮大成了今天的窑街煤电集团公司，体现了一代又一代人的使命与担当，而我毕业以后也来到了劣质煤热电厂。马克思曾这样说过，青春的光辉，理想的钥匙，生命的意义……全包含在两个字中，奋斗！

　　窑街劣质煤热电厂自 1998 年成立至今，已有 24 年的历史，在这里饱含了多少同事并肩作战的场景。这 24 年，可以说是披荆斩棘、砥砺奋斗的 24 年。也是我与之同呼吸、共奋斗的 24 年，这是我梦想开始的地方，也是我荣辱与共的地方。一路走来，感慨万千。

　　从秋高气爽到夏日炎炎，从滴水成冰到春暖花开。电厂从 2001 年一期并网发电，到 2012 年 5 号锅炉建成投产，这里遍布着同事们青春的足迹。还记得那时候，在化水车间，一遇到阴阳床交换漏树脂，为了不影响生产，尽快恢复供水系统，保证锅炉正常运行，我和同事们总是要挑灯夜战，积极抢修。这个过程需要同事们齐心协力，密切配合。先是进到床子里，将树脂装成袋，从三米高的人孔中一袋一袋地运出，然后对水帽和中排装置仔细检查，找出问题，进行检修。整个过程最艰难的就是清理树脂，在狭小的空间里，半伏着身子，一掀一掀将树脂装成袋，然后一袋一袋地运出。狭小的空间，无处落脚，只容许 2~3 人操作，里面潮湿闷热，一点儿也不透气，但是同事们总是你争我抢地钻进床子，鼓足了劲地装树脂。每当干不动的时候，总会有人喊："总书记说了，撸起袖子加油干！"一片笑声中，大家又是干得热火朝天。在休息的时间，你会看到每个人都是汗流浃背，全身衣服湿透了，每冒一口气，嘴里都是咸咸的味道。

曾记得 2015 那年，工资拖欠，是我们的企业最艰难的时候，也是我们电厂最难熬的的时候，期间有一起的同事跳槽去了新疆电厂，一次次的诱惑，同呼吸共命运，不是说说那么简单。但我坚信："在黑暗中相信光，在绝境中相信希望！"忘不了，某个下午工资打入账户，从机关到车间欢呼雀跃，这一仗我们打赢了！阳光总在风雨后，在窑煤人的努力下，经过这一次的洗礼和蜕变，我们的企业正在一天天变好，在一天天发展壮大。

记得有一次我问班长："累不累？"他笑呵呵地说道，"苦不苦，想想红军两万五，累不累，想想革命老前辈。"虽然是一句玩笑，却饱含多少人的默默付出。苦，谁不曾有过，但在我看来，艰苦奋斗的人生才会更加有魅力。在这里，平凡如我，成百上千，每个人都身穿着印有电厂的蓝色制服，头顶红色安全帽，踏踏实实地干好本职工作，高标准，严尽责，一步一个脚印，一步一个回声，秉承着"我中有你，你中有我"，将自己的青春融入电厂的发展中。

正是在我和同事们的共同努力下，在技术的不断改进下，如今的阴阳床漏树脂，不再需要你铲我扛，技术改造后直接接通管道，送进树脂储罐，来降低树脂的高度，从而大大的节约了人力和时间。

虽然在2018年，热电公司曾经因供电煤耗量超标，面临着关停的危险，但是通过集团公司和电厂人不懈的努力，一路闯关夺隘。今年，随着全面完成环保整改任务决战决胜动员会的召开，改造任务的不断完成，在我们坚守以一贯之的初心下、失之不渝的忠心下、负重前行的决心下，我们的电厂一定会奋力前行。

征程万里风正劲，潮头勇立破浪行。那天，我们站在会宁的会师塔下，举起右手，重温入党誓词，红色的语义，又一次在我内心激荡，耳边响起了："强国有我，请党放心，一息尚存，此志不移！"曾经那些仁人志士在战场上为理想义无反顾，如今在新的征程路上，我们也要用青春之心绘就热电公司的美好新蓝图。

家乡的沙枣树

金能科源公司　何建琳

　　国庆放假回家，当车行驶在宽阔的大道上，我透过车窗朝外望去，一排排白杨树整齐划一的从眼前闪过，突然，一颗沙枣树出现在我的眼前，显得既熟悉又有点陌生，我努力转头朝后寻找，无奈车速太快了，只能远远看到它外露的枝条，像是和我挥手再见，慢慢转头坐正后，我再无心欣赏窗外风景，只是看着窗外出神，任凭风景从我眼前划过，思绪一下回到了小时候。

　　听父辈讲，他们那个年代，能成为一名工人，那是相当光荣的，优越感也是爆棚的。为了实现自己和家庭的理想抱负，村里好多年轻人都报名参加了公社工人招聘，最终父亲如愿以偿，光荣地成为一名煤矿工人。依稀记得我小时候，父亲因工作原因常年不能回家，家中只剩我和爷爷，小时候嘴馋，爷爷经常从沙枣树上摘一些沙枣带回家给我吃，小沙枣甜里带点酸，酸里带点涩，吃起来软软的，这便是我的日常零食。父亲第一次探亲回家给我带了好多好吃的，说是领的班中餐，那是我第一次吃到罐头，我在村里逢人吹嘘罐头的滋味，还故意问他们有没有吃过罐头，有时在虚荣心的作用下，我还会从家中偷拿父亲带回来的东西去和同村的小伙伴交换沙枣，就这样我第一次感受到了做为一名工人子女的优越感，窑街矿物局就这样深深地烙入了我童年的记忆。我一天天长大，到六岁时我有机会跟随父亲去了他工作的单位，对于一直在农村生活的我第一次见到了蒸汽机车，第一次坐猴车，第一次见到了在电视上才能看见的下井煤矿工人，第一次……太多的第一次让我深深地膜拜上了这个充满工业感的城市，也使我在心底坚定信念长大一定要做一名窑煤人。

时光转瞬即逝，当我大学毕业成为窑煤职工中的一员时，我感到了前所未有的骄傲和自豪，对未来的生活也有了一种憧憬和向往。

第一天上班，我所在的单位民勤林场正好组织职工植树，站在当地有名的西大林带，看着那风沙中傲立的沙枣树，熟悉感和陌生感同时涌上心头，熟悉的是它唤起了我儿时童年的记忆，陌生的却是它又一次激发了我对今后工作的无限期待。风雨中不知不觉的我在林场度过了 5 个春秋，在这段时间里我见证了林场天翻地覆的变化，高科技代替了传统农业，田间的土渠悄然的变成了滴管，无人机低悬头顶给农田喷洒农药，大型机械代替了大部分人工进行农耕活动……在科技逐步替代传统的同时我们也在一步步见证着窑煤的崛起。

我们见证和参与了窑煤的建设和发展，也分享了窑煤辉煌的成果，再次回想那棵招手的沙枣树，我似乎看到了作为一名80后窑煤人的明天，挺拔、坚强、奉献……站在公司高质量发展的快车道上，所有窑煤人都在努力着、改变着，注重每一个工作细节……用窑煤人自己的双手和汗水谱写着一首首动人心扉的新时代"劳动者"之歌。

耕读传家久 读书济世长

金能科源公司 南景航

2021 年，很多人可以用口罩、36.5、遇见、成长、释怀来总结，于我而言，这一年很特别，些许收获中夹杂着深深的遗憾，大概是因为遗憾也是成长过程中不可或缺的一部分。

2020 年 11 月份，在找工作的迷茫时期，很幸运地看到了窑街煤电集团来学校招聘的通知，这对于离家两千多公里在外上学的我来说，家乡的招聘就显得格外亲切，于是我通过宣讲会、面试的层层选拔，终于在签下三方协议的那一刻感觉自己有了"家"的归属感，各位面试官也是特别亲切温暖，有条不紊地介绍着窑街煤电集团公司，听着窑煤的发展史、奋斗史，这点燃了我心中将自己所学投之所用的熊熊烈火，让我坚信以后一定要为窑煤的建设添砖加瓦，将自己所学奉献给窑煤这个大家庭。

签下工作的喜悦，内心的豪情壮志，最想分享的第一个人是爷爷，因为我从小就是听着爷爷讲他走过的地方、看过的风景、经历过的故事长大的，因此对海石湾这个地方，我已经耳熟能详，这一次，我想把这个以前只听过，现在要去工作、生活的地方说给爷爷听，不知道这样算不算是吹过了爷爷吹过的风，走过了爷爷走过的路。

电话接通后，我立刻给爷爷分享了签工作的喜悦，爷爷听了之后连连说："好！好！还是个好单位，而且离家近。"接下来爷爷便一遍又一遍重复说着他眼中的窑街煤电集团，就这样，接电话一般不超过两分钟的爷爷和我聊了半个小时，这个时候的我并不知道爷爷的老年痴呆症状已经特别明显了。

寒假回家的路上，爸爸说，爷爷已经忘了很多人和事，但当爷爷看到我，立马拉着我的手说："去矿务局了嘛？上班的时候呀，一定要手勤、足勤、踏实认真。"看着已经八十多岁高龄眼神却依然深邃有神的爷爷，我只当这是爷爷对最疼爱孙女的殷殷期盼和谆谆教诲，便信心满满的答应爷爷，上班还会和学习的时候一样努力让他放心。2021 年 7 月中旬，我满怀憧憬踏入了窑街煤电集团所属金能科源公司的大门，很幸运成为了一名金能人，心里暗暗想一定要好好工作，过年回家就可以给爷爷讲一讲近年来窑煤的新变化，而不是一直听爷爷给我讲过去。可是"树欲静而风不止，子欲养而亲不待"，在兰州市抗击疫情的关键时期，家里传来噩耗，爷爷终是没有扛过岁月的悠悠漫长，终是没有等到孙女给他分享这半年工作上的喜闻乐见，便先一步辞别了这个世界。

等新冠肺炎疫情好转，回家的时候只能隔着一堆黄土，寄思念与黄土地，诉过往与南北风，从此再也没有了每次回家都站在门口翘首以盼的身影，没有了每次把后备箱给我们塞的满满当当的爷爷。祭奠完爷爷，爸爸锁好门，一个人在大门口站了好久，顺着爸爸的目光看过去，才发现爸爸久久注视着、凝望着的是门楣上的"耕读第"三个强劲有力的大字。

"'耕'就是耕田种地，'读'就是读书写字，'第'就是人家，连在一起就是既有下田劳作，又有文化的充实人家……"我刚开始认字，爷爷便总是会一边喝着罐罐茶一边给我讲门楣上的这三个大字和客房里中堂字画的意思，那时候只当是故事听了，现在回想起来，爷爷这点点滴滴地灌输不就是让我们潜移默化一直传承家风吗？

趴在车窗上，看着安静的村落慢慢浓缩在后面直至逐渐消失，只剩下一条蜿蜒的马路，眼睛向马路两边瞥去，一片片的水平梯田里，仿佛看到了爷爷奶奶辛劳的身影，爷爷奶奶一辈不辞辛劳，所有的汗水都浇洒在了这一亩三分地，他们不求大富大贵，只希望粮食满仓、平安健康；爸爸妈妈一辈有了一定的物质基础，能够读书识字，学习技能，不为求取功名利禄，只为创建属于自己的幸福美好家庭；我们小辈生在红旗下，长在春风里，吃穿不愁，只为好好读书，追求自己人生梦想，实现自我价值的同时，能为中华民族的伟大复兴贡献自己的力量便是最大的幸福。

思绪就这样在广袤无垠的土地上漂浮、连绵起伏的山峦中回放，犹还记得弟弟高考成绩出来的那会，爷爷的高兴溢于言表，背着手一直在院子里来回踱步，似乎是自言自语，又似乎是在给我和奶奶说，现在所有的心愿都达成了，吃穿不愁，孙子一个个都上大学了，真好，真好啊……

现在回想这往昔岁月，才后知后觉这就是爷爷奶奶的朴实愿望，诗书传家，继世绵长，这一生所有的苦和累都值得，而正是这种朴实无华的"耕读第"家风，塑造了现在的我，也让我在自己的工作岗位上时刻怀揣着认真负责的态度，铭记爷爷的教导和期望，一步一个脚印开始我自己的工作新篇章。

工作之路才刚刚开始，前路漫漫亦灿灿，我相信在窑街煤电的这片沃土上，我会勤奋好学、学以致用，用自己毕生所学为窑街煤电的发展贡献绵薄之力，也会继承悠远绵长的家风，让自己在工作的路上更加坚定信心，干出属于自己的成绩，我也始终相信只有这样不忘初心，继承家风，怀揣爷爷的教导，才能弥补这"子欲养而亲不待"的遗憾。

永不褪色的记忆

油页岩公司　马红玲

　　过春节回家探望退休的爷爷，闲聊时，爷爷言语中透露出对窑街煤电集团的不舍，也透露出窑煤人的自豪。窑街煤电的成长，饱含了几代煤矿工人太多太多的辛酸和情感。

　　爷爷、父亲是煤矿工人，我是矿工子弟。爷爷1960年参加工作，应该算第一代矿工。爷爷用一生叙述着对煤矿的情感，我和父亲是忠实的聆听者；现如今，子承父业，我也正在诉说着对煤矿的情感，然而，聆听者是我的孩子。

　　从爷爷和父亲口中，我了解了窑街煤电成长的部分历史，查阅相关资料，也看到了一些当年建矿的老照片，很是苍凉。当年只有一矿、二矿和三矿。

　　祖辈的矿工时代，正是经历了闹饥荒的"六零年"以后，时局动荡的"文化大革命"期间。不稳定的时局阻碍了生产力的发展，煤矿的发展较为缓慢。

　　当年煤矿工人每月工资几十元。生活在限量供应的时代。买布用布票，吃饭要粮票，买米面用粮本子，买衣物用购货证。每人每月的口粮：城市居民27.5斤粮，下井工人54斤粮，上学孩子15斤粮，幼儿根据年龄4~8斤粮。看看这些数据，可想而知，经历过那个年代的人，生活是多么得艰难。

　　改革开放的春风吹遍了祖国大地，老百姓的日子更有了盼头和希望。

　　父亲刚刚参加工作那几年，矿区办公室只有几间简陋的平房。"旧大楼"是我儿时的记忆，那就是工人的住所，还有相当一部分工人住在当地农民的家里，也有一部分则是住在矿井附近的半山坡上自己搭建的土坯小平房里。

　　雨季来临，山上的滚石和泥石流，随时都有可能吞噬那些弱不经风的土坯小平房。严寒的冬季，山坡上许多的小烟囱冒着浓烟。因四周环山烟雾很难散去，笼罩着整个矿山，太阳在烟雾中只是一个淡淡的黄点，很难看到晴天。

　　如果说爷爷、父亲都是因为工作来到矿区，我则算是名副其实的矿区人：在矿区医院出生，在矿区幼儿园、小学、中学读书，爬过矸子山，拖过煤坯子，在矿上的大澡堂里洗过澡，在塌陷坑旁奔跑过……

　　2008 年大学毕业后，在父母的鼓励下，我来到窑街煤电集团工作，对于这份工作我是满意的，更是喜爱的，确切地说，我成了名副其实的煤三代。踏上工作岗位前，父亲千叮咛万嘱咐："闺女，爸在窑煤工作了近 40 年，窑煤就是我的第二个家乡，是窑煤养育了我们一家人，给了我们稳定的生活。在工作中你要肯吃苦、有责任感、常怀感恩之心，要把矿山当成自己的家……"虽然与父亲不在同一个岗位，但这朴实的话语，却陪伴了我整整十年。

　　这 10 年间我见证了窑煤蓬勃发展的繁荣盛景，见证了它发展的点点滴滴：办公区和生活区高楼耸立，各种基建设施一应俱全，代表一个时代的自行车已被私家车代替，停满了矿区和家属院的私家车也是煤矿工人生活富余的一种体现。曾是土坯小平房爬满的山坡上，现在已经有规划地种满了各种树木。那些爬满半山坡的小碉堡似的土坯小平房，一去不复返。空气污染得到有效治理，新时代的矿区一片生机盎然。

窑街煤电，从最初的三个矿井，发展为主业突出、结构合理、集约经营、竞争力强，具有可持续发展能力的煤、电、化、冶、建、材、运一体化大型现代化能源企业集团。

时间在岁月的长河里流淌，历史的印迹已经被时间磨去了旧日的模样。走过了如梭的岁月，窑街煤电在不断前进和发展，矿区面貌和过去大不一样。

来到窑煤，遇见了同在矿山工作的老公，我们一起把青春热血注入了矿山。是矿山引领我成长，让我在这片热土上施展才华。

不知不觉，我已经参加工作十年了，在90后、00后职工中，我也成了同事口中的"老员工"。感受过煤炭"黄金十年"的辉煌，经历了煤炭市场低迷、价格下行的困难时期，但那时我始终相信，曙光就在前方。我衷心地希望未来的人生都可以和窑煤共成长、共经历、共进步。

从爷爷参加工作算起，至今已有六十多年，我的心早就和煤矿紧紧的联系在了一起。三代人的矿山经历，让我把矿山当成了家，这里汇聚了我们一家三代人的拼搏，有我的亲人，有我的矿工兄弟。

我骄傲，我是窑街煤电人。

身为煤矿工人的后代，我们应该继承和发扬老一辈窑煤人求真务实、担当奉献、顽强拼搏、艰苦奋斗的精神，努力增长本领、提升技能，在自己平凡的岗位上，用青春妆点矿山的风采，用汗水浇灌自己的梦想之树，用勤劳的双手和踏实的脚步，创造温暖和光明、铸就亮丽人生。

优秀诗歌

游黄山

海石湾离退休职工第一党总支 梁天义

难得合家游黄山，　五岳风光尽观赏。
茫茫云海风滕浪，　片片倪霞幻作船。
怪石争雄壑涌泉，　奇光竞秀迷人恋。
奇松展臂迎远客，　莲花顶上放赞歌。
唤醒睡佛同感慨，　当今盛世史无前。

全面深化改革再起航

兰州丰宝离退休职工 李连云

攻艰克难共产党，
理想信念胸中装。
小康社会全民建，
增进福祉人民享。
资源配置市场定，
复兴中华圆国梦。
全会决定进军号，
深化改革再起航。

黄河边上的兰州

海石湾煤矿 张富海

未曾想与黄河水结缘
从而成为水的衣袖
时时轻拭着兰州的眼睛

自从听见吱呀响的水车声
就知道再也走不了
即使是水边的一棵芦苇
也甘愿为一只鸟而栖息

听说兰州两个字里能挤出流沙
我就想会不会奔来敦煌的骆驼
走在大街上的女子
是不是从壁画里驾云而来的飞天

后来住得久了习惯了
方知她多么像我北方的妹妹
农村的田野里大山间奔跑的妹妹
只要她唤我一声哥哥
我就留下一生不再回头

煤海沉浮

海石湾煤矿 张富海

一

拐过一个又一个弯

站在你面前

像枯枝上的麻雀

跳来跳去

跳出黑夜里的窟窿

当作迎接黎明的眼睛

二

没有人蝼蚁般惶恐

每天触摸人间最厚重的黑

夜晚的天空在地下沉睡

我却用寻找星星的眼睛

把长长的黑色银河

翻得体无完肤

三

我用骨头走路

再用血汗把道路修复完整

太阳不在天上
阳光不在地面
它们在我的怀里
只要想起亲爱的人
煤块和岩石就能生出春季

最美青海湖

海石湾离退休职工第一党总支 梁天义

青海湖水一色天，
辽阔无限静齐观；
白云悠悠天上飘，
鱼跃自由在水上。
湖旁油菜金灿灿，
清风卷起千重浪；
大通日月毗南山，
镶嵌明镜重梳妆。
群鸟盘旋蔽日天，
气冲霄汉竟湖山；
鸟岛栖息作乐园，
迎客放歌又送往。

紧抓住安全的手

天祝煤业公司 高志忠

事故 又一次发生了
我 不想乱猜疑
因为 没有调查
就没有发言权
但 我可以告诉工友
不要忽视安全
因为 每一次事故
都是血的代价 生命的代价
不要忘记自我保安 危险源的辨识
因为 忘记
很可能就会酿成事故

血是鲜红的
每一条安全措施
都是我们
煤矿人用鲜血 生命
换来的
违章 就是拿生命
当儿戏

紧抓住安全的手
我 可以提醒工友和自己
不要再违章了
尊重生命
能得到幸福

紧抓住安全的手
设备是我们的亲人
精心 按章操作
这是我们
对自己和亲人的呵护

紧抓住安全的手
工友是我的兄弟
做到自保 互保 联保
是我们 每一个矿工的职责
紧抓住安全的手
我们就能永远地抓住
幸福……

今夜 我与安全共眠

天祝煤业公司 高志忠

又是一个小连班
某些人的思想难免会
有些不集中，但我劝你
这就是自身存在的隐患
自身的隐患加上环境的因素
就造成了
事故的发生……

也许，某些人
习惯性违章
"看惯了，干惯了"某些事情
当然也就忽视了安全……
你我都知道
安全容不下半点疏忽
但就是违章的"看惯了，干惯了"
出现了问题
才会引起事故……

安全，我们每天都在讲
关键，是否落在实处，是否用在实处

每一条安全措施，规定
都是先辈们用生命的代价，血的教训
换来的
遵循措施、规定，就是
珍惜生命

小连班，终于安全下班了
我的作业，就在此时提笔……
今夜，我与安全共眠
每次事故
都会提醒你我
习惯性违章要斩断
重视自身存在的问题和环境的因素
也就是要你我
注意辨识，管控"风险与危险"
"人的不安全因素"
是安全最大的隐患……
睡吧，睡吧
眼睛已经无法睁开
今夜，我与安全共眠

矿山情

劣质煤热电公司　路东平

当岁月悄然转动不息的年轮
当太阳激情点燃生命的火焰
我——矿山的儿女
依偎在矿山的怀抱整整四十年从不曾走远
这片土地有我的根我的魂
还记得昔日的荒凉
犬牙交错的几处楼房
煤尘漫扬淹没的矿区道路
几株无精打采灰蒙蒙的杨柳
如今高楼耸立林荫葱郁诗情画意
柏油马路灯火通明
清晨万缕阳光点亮矿山的璀璨
夜晚万家灯火温暖我的家园
我是矿山的儿女——我骄傲
回想六十年
从单一的煤矿发展为集煤电化冶材运为一
体的现代能源企业
经历了多少辉煌、多少风雨

顺境时我们欢呼雀跃

逆境时我们不离不弃

任何困难也阻挡不了矿山儿女前进的步伐

回首峥嵘岁月我们春风万里

展望锦绣未来我们勇者无惧

新的崛起就在今天

迎着"十九大"的号角

带着矿山的梦

带着矿山的情

向着明天

启程

追光者

天祝煤业公司 高志忠

我们来自五湖四海
我们在地球的心脏
埋头苦干……
安全是父母的期盼
也是妻儿的等待
听，炉火噗呲呲……
看，温暖
是千家万户给我们
最高的奖赏……

当冬天鲜红的炉火
当千家万户炊烟
袅袅燃起……
我欣慰
我们是一群追光者
为自己安全
追逐光明的
煤矿工人……

吆，黑土地

天祝煤业公司　高志忠

吆，黑土地

我，每次靠近你

都有一种

幸福感，存在

也许，是我心中的理想

跟着"开采光明"的心愿

向前，延伸，再延伸……

安全是我们

这些煤矿工人的"天"

有一句

是这样说的

"以人为本，安全为天"

那就是

我们，煤矿工人的

安全理念……

吆，黑土地

我，青春的一半

已经永驻进了

你，黝黑，明亮的
胸膛……

噢，你问我，那一半
那一半
应该留在
深深的井巷里
日，夜
将你守护……

吆，黑土地
脚步，每次延伸
就是梦，就是心愿
靠近，靠近
那一个
向往的目标……
绿色，安全，高效，和谐

吆，黑土地
是我"开采光明"的心愿
惊扰了你
你，飘起来的粉沫
将我的每一个部位
涂抹，堆积……

祖国，我爱你

天祝煤业公司 高志忠

我出生在
九百六十万平方公里上的一个小乡镇
那时候，祖国还很贫穷
我，不为我的出生贫穷，而自卑……
反而，我更自豪……
是因为我，出生在中国

回顾七十多年前的祖国
战火燃烧了，这片土地……
那时候，人们多么希望和平能快些来到
曾经
那些伟大的共产党人
抛头颅，撒热血
他们为了谁
为了，我们千千万万的中国人……
为了，我们这一代
有一个
和平安宁的家……

祖国，我爱你

我庆幸，我是中国人
祖国，你有上下五千年的文明
有不屈不挠的长征精神
我为此而骄傲……

祖国，我爱你
我是你
九百六十万平方公里上，一朵鲜花，一棵小草……
是你，孕育了，我的成长……
是你，让我变的坚强，任性……

祖国，我爱你
我的胸膛有一颗心，在跳动
噢！那是一颗，中国心，在跳动……
祖国，我祝福你
生日快乐……

煤

天祝煤业公司 高志忠

煤，你知道吗
我俩
在掘进延伸的坑洞中
相遇，相识……
煤，有人说：你，一身漆黑
凭什么还能在火炉里燃烧
发出照亮黑暗的光芒……
我，不想刨根问底
但，我知道
煤矿工人的心愿
就是开采光明……

我们从年轻的时候
就来到了这里……
或许，你在想
我们会一天天变老
也会有退休离开你的那一天
但，煤，你别怕

你永远不会孤独

煤，你知道吗

是你渲染了煤矿工人的世界

是你让我们拥有另外一个美丽

听起来爽口的绰号

煤黑子……

我们走了，但我们会留下青春

伴随着新一代矿工的脚步

一次又一次

走进深深的井巷

日夜将你陪伴……

我心中的窑街煤电

集团公司工会 韩沙沙

在我的心中
如果用文字来形容
我热爱的这片土地
我绝不会用偏僻和寂寞
因为这里，有我热血澎湃的青春
因为这里，有我追寻梦想的足迹

在我的心中
湍流的大通河时常让我想起
俯身百米井下
鏖战百里煤海的您
为站起来、强起来的窑街煤电
提供了强劲动力

在我的心中
那遥远世纪的光芒在心弦激荡
英雄的矿山儿女
凭着坚定的信念
奋斗的精神
冲天的干劲
把窑街煤电打造成煤炭战线的主力尖兵

在我的心中

美丽的窑街煤电
时常让我沉湎于宁静而感动
机械化步伐的加快
现代化采煤工艺的运用
煤机轰鸣下的滚滚乌金
似一个个着黑色外衣的精灵
诉说着自己的传奇

在我的心中
夜空闪亮的矿灯
照亮了希望的远方
我心中的窑街煤电呵
您是否知道
我也是从亘古而来的一块乌金
怀揣着亿万年的梦想
与您结缘
艰辛而执着
荣光和希望
终有一天
我也会和您一样
在地心深处把自己炼造
在生命的追寻中投身时代洪流
修炼成一块追逐光明的燃烧着的煤……

矿山娃

天祝煤业公司 高志忠

有一群人⋯⋯
他们被千米井巷里的煤
吸引
一代，二代，甚至下一代
还在继续⋯⋯
因此，世人才赋予
他们
矿山娃的美称

有人说：煤矿工人
吃的是阳间饭，干的是阴间活
朋友，这句话
马上就要被逐步淘汰
在党和企业的关怀下
煤矿改革要以
科技兴矿，机械化换人，减人⋯⋯
井下"少人则安，无人则安"
为奋斗目标
要从实现"一优，三减，四化"起步
逐步向"智能化5G 大数据，大云端"
转变⋯⋯

翻开事故案例

细品事故原因

"安全意识淡薄，安全素质差"

"事故是由于自己的违章"酿成的……

这句话，我们每一次阅读

都会遇到……

而工作中哪些行为规范

是属于"违章"的范畴

比如：机车在停止运行时

没有切断电源，没有将机车钥匙取下……

比如：皮带运转时，靠近或触碰转动部位……

比如：掘进工进入窝头，没有对顶板

进行"敲帮问顶"，没有对顶板支护……

比如:采煤工发现液压支柱漏液，没有及时更换……

当然还有

没有列举到的"违章"行为……

有人说：是我们的"行为规范"出现了问题

而我却觉查到，是我们的心理因素

"随意性"，扎根太深……

其实，这就是

"干惯了，看惯了，习惯了"

三惯思想生成的根源……

惊醒吧！工友

"违章"就是毁坏家庭的罪魁祸首

也是杀人的无形利刃……

建设

"一优，三减，四化"，5G 网络智慧化矿山

需要智慧……

我们是新时期，新时代的矿山娃

"安全意识淡薄，安全素质差"

我们可以通过培训，学习来提高

"安全是最大的效益，安全是最大的幸福"

这句安全生产理念

告诉我，告诉你

只有做到，安全"你，我，他（她）"……

我们才能跟上

新时代，新时期的步伐……

才能让

心爱的矿山

拥有

更辉煌的明天……

2021.9.8　修改

什么是幸福

天祝煤业公司 高志忠

什么是幸福
从2020年开始
每一个人心里的定义
告诉自己
活着就是一种幸福……

走进矿区
我听到的第一句话
和我听到最多的话
是同一句话
"安全就是最大的幸福"……

什么是幸福
翻开事故案例
我试着从事故中寻找
与幸福相近的词语
可我遇到的是破坏幸福的"它"
"违章"……
所有事故都是"违章"酿成的
是啊！我们总会在事故中
找寻到你我"违章"的影子……

比如：电机车司机离开座位时没有将

操作手柄回到零位，没有取下机车钥匙

比如：皮带巡检工清煤时没有将就近的急停闭锁

再比如：提升时没有设好警戒"行人行车"的……

其实，还有我没有举到的"违章"案例

其实，煤矿每一项工作都有针对性的

专项安全技术措施……

只有"按章作业"才能做到

安全就是最大的幸福

什么是幸福

回到家，父母告诉我

"平安"就是幸福，团圆就是幸福

是啊！父母含辛茹苦将你我养大

盼的就是你我

听一听

母亲准备的唠叨

吃一顿

父亲为我们做的团圆饭……

2021.11.23

请不要再来伤害我

天祝煤业公司 高志忠

安全是保护生命，生存的
一种技能……
违章是祸水，是自杀的
一种方式……

请不要再来伤害我
有些人，觉的"违章"是一件平常事
心里也很容易就接受了……
其实，我们都错了
为什么会出错
是因为工作中我们存在侥幸心理
比如：推车时，有一位职工违反
"严禁在矿车两侧推车"的规定
也曾有人提醒"不能在矿车两侧推车"……
可是他的回答：却是"没什么"……
其实就是这个"没什么"引发了事故
其实就是这个"没什么"断送了
一个人，甚至几个人的生命……

请不要再来伤害我
分析事故，可以得出一个结论

别人对自己的伤害是千万分之一

而自己"违章"，酿成的伤害

就是致命的打击……

亲爱的工友，你我该清醒了

我们每一个"男人"

都是家里的顶梁

少了你，少了我

那还叫家吗

所以，在工作中

更应该"按章作业"

因为所有的"规章制度，安全技术措施"

都是先辈们用鲜血，生命换来的……

比如：信号工在提升物料时，没有设好警戒

而是"违章"作业"睡觉"

造成人员误闯绞车道，酿成事故……

请不要再来伤害我

牢记用按章操作，按章作业

约束克制自己，牢记行为标准理念

"让标准成为习惯，让习惯符合标准"

提醒自己，及早的改正

工作中不规范的行为……

其实，我们还可以应用

"危险预知，安全确认，安全站位，流程作业"

四位一体的工作法要求自己

只有彻底取缔"违章"

才能真正意义上
消灭事故

2021. 12. 6　修改

有一种安全是负责

天祝煤业公司 高志忠

新的一年，又是一个
新的起点，新的开始……

有一种安全是负责
都说：男人是家里的顶梁柱
都说：男人是父母、妻儿的一片天
朋友，我想问一下
你知道"家"的含义吗
家就是"一个人都不能少"
家是一个避风的港湾
一家人，团团圆圆和睦相处
就是一种幸福

走进煤矿
预示在新的一年里
安全又是一个新的开始
零伤亡，零透水，零超限，零发火
四零目标又一次
成为全公司奋斗目标
作为一个煤矿工人
自身也应该有一个四零奋斗目标

零伤亡，零早退，零"三违"，零隐患……

有一种安全是负责

认真辨识、管控

本岗位安全风险与隐患

这是我们，每一个煤矿工人必须

做到的一件事，但还有一个细节

我们谁都不能忽视

"个人的不安全因素"

因为，许多事故

都源于"个人的麻痹"……

比如：蓄电池机车司机离开座位时没有将

机车操作手柄回到零位，更没有将

机车钥匙取下，曾有人提醒机车司机

而，机车司机回复"知道了"

但机车司机没有顾忌

在别人提醒之后，依然没有将

机车操作手柄回到零位

更没有将机车钥匙

取下，就离开了……

其实，这种思维方式

就是"三惯思想"

看惯了，干惯了，习惯了

有一种安全是负责

新的一年里，我们的思维

都有一些新的变动，也可以说

思维制约我们的行动

比如：工作中的侥幸心理

我经常这样做都没有出事

今天就会吗……

其实，改变"违章"

要首先改变自己的思维方式

也就是说

违章要命，只有安全

才能奋斗到幸福

从这两者之间选择

我相信

大家都应该

选择安全……

2021.12.22　修改

看今朝

三矿 王晓莉

又见中秋，丹桂飘香
奥运凯旋 神州探月 举国欢庆
党的光辉
如皓月当空
照亮万家灯火
……

煤海星辰 点缀繁华盛世
盛世有你有我
举杯共邀赏月
忆往昔清贫岁月愁
看今朝繁花似锦
……

蓦然回首
往事如烟 花依旧
缘牵一线 有你相伴
双脚所踏 皆是生活
月光所照 皆是故乡
纵使他乡万盏灯
不抵故乡当头月
……

你

——致敬身边的最美劳动者

金河煤矿 张丽丽

井巷里

闪烁的矿灯

是你们对劳动的最佳诠释

车间里

飞溅的焊花

是你们燃放的最美焰火

工作面上

轰鸣的采煤机

是你们演奏的动听旋律

监测器前

明亮的双眼

是你们对工作的认真严谨

你们是最朴实的人
你们是最美劳动者
你们是平凡而又伟大的煤矿工人

你们是矿山的财富
你们是家里的支柱
愿你们就安全而餐
望你们拥安全而眠

劳动最光荣 劳动最伟大
这些响亮而震撼的口号
激励着我们一代又一代人

是劳动，建起百里矿区
是劳动，筑起千里煤海
是劳动，让我们快乐工作，幸福生活